# Collection folio junior

**Ernest Hemingway** est né aux États-Unis en 1899, à Oak Park, près de Chicago. En 1917, il entre au *Kansas City Star* comme reporter. Réformé par l'armée américaine, il s'engage en 1918 comme ambulancier de la Croix-Rouge sur le front italien. En 1926, il rencontre un succès immense avec *Le Soleil se lève aussi,* succès confirmé par la publication, en 1929, de *L'Adieu aux armes.* Après la guerre, Hemingway reprend en Europe son métier de journaliste. En 1936, il devient correspondant auprès de l'armée républicaine en Espagne, il fait la guerre de 1939-1945, participe à la libération de Paris. Puis il recommence à voyager : Cuba, l'Espagne, l'Italie... *Pour qui sonne le glas* paraît en 1940.

*Le Vieil Homme et la mer* a été couronné par le prix Pulitzer en 1953 ; l'année suivante, Hemingway recevait le prix Nobel de littérature.

Ernest Hemingway s'est donné la mort le 2 juillet 1961.

**Titouan Lamazou** est né en 1955 à Casablanca. Navigateur – il a remporté le premier Vendée Globe, course autour du monde en solitaire, en 1990 – il est aussi peintre, photographe et écrivain. Il a notamment illustré des livres d'Eric Tabarly, dessiné et photographié les tribus berbères du Haut-Atlas et publié un roman, *Trésor de l'Atlas*, aux éditions Denoël en 1985.

**Marc P. G. Berthier** est né le 30 avril 1944 à Saint-Malo. Études chez les jésuites, dans sa ville natale, puis en Belgique. A Paris, il est élève à l'École des métiers d'art, puis à l'École nationale supérieure des arts décoratifs – surtout en tant que membre actif de la fanfare ! Il fait ensuite des décors pour le théâtre et le cinéma, et réalise au passage la décoration de plusieurs appartements. Il découvre un jour le dessin de bateaux et collabore depuis à plusieurs revues nautiques. Il illustre également des livres pour différents éditeurs.

**Bruno Pilorget** est l'auteur des illustrations de ce livre. Né le 9 mars 1957 à Vannes, il « fait » les beaux-arts de Lorient et « monte » à Paris pour présenter ses dessins. Il réalise sa première couverture de livre pour... Folio Junior, en 1981 ! Depuis, il a illustré une centaine d'ouvrages pour les enfants, travaillé pour la publicité et la presse. Entouré de ses « trois soleils en Bretagne » (son épouse et ses deux fils), sous le regard attentif de son chat Réséda, il dessine en musique.

Pour Folio Junior, il a illustré *L'Étrange Cas du Dr Jekyll et de Mr Hyde* de R. L. Stevenson, *Colomba* de Mérimée, *Le Vœu du paon* de Jean-Côme Noguès, *Frankenstein* de Mary Shelley et bien d'autres encore.

# Ernest Hemingway

# Le vieil homme et la mer

*Traduit de l'anglais
par Jean Dutourd*

**Illustrations de Bruno Pilorget**

Gallimard

Titre original :
*The Old Man and the Sea*

ISBN 2-07-051388-2
Loi n° 49-956 du 16 juillet 1949
sur les publications destinées à la jeunesse

© Éditions Gallimard, 1952, pour la traduction française
© Éditions Gallimard, 1982, pour les illustrations
© Éditions Gallimard, 1987, pour le supplément
© Éditions Gallimard, Jeunesse, 1997, pour la présente édition
Dépôt légal : juin 2000
1er dépôt légal dans la même collection : septembre 1987
N° d'édition : 95813 - N° d'impression : 50619
Imprimé en France par la Société Nouvelle Firmin-Didot

Il était une fois un vieil homme, tout seul dans son bateau qui pêchait au milieu du Gulf Stream. En quatre-vingt-quatre jours, il n'avait pas pris un poisson. Les quarante premiers jours, un jeune garçon l'accompagna ; mais au bout de ce temps, les parents du jeune garçon déclarèrent que le vieux était décidément et sans remède *salao* ce qui veut dire aussi guignard qu'on peut l'être. On embarqua donc le gamin sur un autre bateau, lequel, en une semaine, ramena trois poissons superbes.

Chaque soir le gamin avait la tristesse de voir le vieux rentrer avec sa barque vide. Il ne manquait pas d'aller à sa rencontre et l'aidait à porter les lignes serrées en spirale, la gaffe, le harpon, ou la voile roulée autour du mât. La voile était rapiécée avec de vieux sacs de farine ; ainsi repliée, elle figurait le drapeau en berne de la défaite.

Le vieil homme était maigre et sec, avec des rides comme des coups de couteau sur la nuque. Les taches brunes de cet inoffensif cancer de la peau que cause la réverbération du soleil sur la mer des Tropiques marquaient ses joues ; elles couvraient presque entièrement les deux côtés de son visage ; ses mains portaient les entailles profondes que font les filins au bout desquels se débattent les lourds poissons. Mais aucune de ces entailles n'était récente : elles étaient vieilles comme les érosions d'un désert sans poissons.

Tout en lui était vieux, sauf son regard, qui était gai et brave, et qui avait la couleur de la mer.

— Santiago, dit le gamin tandis qu'ils escaladaient le talus après avoir tiré la barque à sec, je pourrais revenir avec toi maintenant. On a de l'argent.

Le vieux avait appris au gamin à pêcher et le gamin aimait le vieux.

— Non, dit le vieux, t'es sur un bateau qu'a de la veine. Faut y rester.

— Mais rappelle-toi quand on a passé tous les deux vingt-sept jours sans rien attraper, et puis tout d'un coup qu'on en a ramené des gros tous les jours pendant trois semaines.

— Je me rappelle, dit le vieux. Je sais bien que c'est pas par découragement que tu m'as quitté.

— C'est papa qui m'a fait partir. Je suis pas assez grand. Faut que j'obéisse, tu comprends.

— Je sais, dit le vieux. C'est bien naturel.

— Il a pas confiance.

— Non, dit le vieux. Mais on a confiance, nous autres, hein ?

— Oui, dit le gamin. Tu veux-t-y que je te paie une bière à la *Terrasse* ? On remisera tout ça ensuite.

— C'est ça, dit le vieux. Entre pêcheurs.

Ils s'assirent à la *Terrasse* où la plupart des pêcheurs se moquèrent du vieux, mais cela ne l'irrita nullement. Les autres vieux le regardaient et se sentaient tristes. Toutefois ils ne firent semblant de rien et engagèrent une conversation courtoise sur les courants, les fonds où ils avaient traîné leurs lignes, le beau temps persistant et ce qu'ils avaient vu. Les pêcheurs dont la journée avait été bonne étaient déjà rentrés ; leurs poissons ouverts étaient étalés sur deux planches, que quatre hommes, un à chaque bout, portaient en vacillant jusqu'à la pêcherie ; le camion frigorifique viendrait chercher cette marchandise pour l'amener au marché de La Havane. Ceux qui avaient attrapé des requins les avaient livrés à « l'usine à requins », de l'autre côté de la baie, où l'on pend les squales à un croc, pour leur enlever le foie, leur couper les ailerons, et les écorcher. Après quoi leur chair débitée en filets va au saloir.

Quand le vent soufflait de l'est, l'odeur de « l'usine à requins » remplissait le port ; ce jour-là il n'en arrivait qu'un faible relent, car le vent, après avoir tourné au nord, était tombé. Il faisait bon, au soleil, sur la *Terrasse*.

— Santiago, dit le gamin.

— Quoi ? dit le vieux. Il tenait son verre à la main et songeait aux jours anciens.

— Veux-tu que j'aille te pêcher des sardines pour demain ?

— Non. Va plutôt jouer au base-ball. Je peux encore ramer et Rogelio lancera le filet.

— J'aimerais bien, pourtant. Comme j'ai plus le droit de pêcher avec toi, alors je cherche à t'aider autrement.

— Tu m'as payé à boire, dit le vieux. T'es déjà un homme.

— Quel âge que j'avais quand tu m'as emmené dans un bateau pour la première fois ?

— T'avais cinq ans et t'as bien failli y rester ! Tu te rappelles quand j'ai amené le poisson sans l'avoir assez fatigué et qu'il a manqué démolir toute la boutique ?

— Tu penses que je me rappelle ! Il donnait des coups de queue et ça faisait un de ces raffuts ! Et puis le banc qui a cassé ; toi, tu flanquais des coups au poisson, et puis tu m'as basculé à l'avant, en plein dans les paquets de lignes mouillées ; je sentais le bateau qui tremblait, je t'entendais cogner à toute force comme si tu coupais un arbre ; et puis je me rappelle l'odeur du sang qu'était tellement fade.

— Tu te rappelles vraiment tout ça, ou bien c'est moi qui te l'ai raconté ?

— Je me rappelle tout ce qui s'est passé, depuis la première fois qu'on est sorti ensemble.

Le vieil homme le regarda de ses bons yeux confiants, pâlis par le soleil.

— Si t'étais mon fils, je t'emmènerais avec moi et je risquerais le coup, dit-il. Mais t'as ton père et ta mère, et t'es dans un bateau qu'a de la veine.

— Tu veux pas que je m'occupe des sardines ? Je pourrais même trouver quatre appâts. Je sais où.

— J'ai encore les miens d'aujourd'hui. Je les ai mis au sel dans la caisse.

— Tu veux pas que je t'en apporte quatre frais ?

— Rien qu'un, dit le vieux. Son espoir, sa confiance n'avaient jamais faibli, mais, à la fin, s'amenuisaient comme une brise qui tombe.

— Deux, insista le gamin.

— D'accord pour deux, dit le vieux. Tu les as pas volés, au moins ?

— Que je me gênerais ! dit le gamin. Non, je les ai achetés, ceux-là.

— Merci, mon p'tit, dit le vieux.

Quand le vieil homme avait-il atteint l'humilité ? Il était bien trop simple pour le démêler. Mais il savait qu'il l'avait atteinte. Il savait que ce n'était pas honteux. Sa vraie fierté, il ne l'avait nullement perdue.

— On aura une bonne journée demain avec ce courant-là, dit-il.

— Où c'est-y que tu vas aller ? demanda le gamin.

— Le plus loin que je pourrai, pour rentrer quand le vent tournera. Faudrait que je sois au large avant qu'il fasse jour.

— Je m'arrangerai pour que le patron il aille aussi au large, dit le gamin. Comme ça, si t'attrapes quelque chose de vraiment gros, on s'amène et on te donne un coup de main.

— Il aime pas sortir trop loin, le patron.

— C'est vrai, dit le gamin. Mais je m'arrangerai pour voir un truc que lui il ne pourra pas voir : un oiseau, tiens, par exemple, en train de manger. Il croira qu'il y a des dorades, et en avant !

— Il y voit pas plus clair que ça ?

— Il est quasiment aveugle.

— Ça c'est curieux, dit le vieux. Pourtant il a

15

jamais pêché la tortue, ton patron. C'est ça qui vous tue les yeux.

— Mais toi, t'as pêché la tortue des années, du côté de la Côte des Moustiques et t'as de bons yeux.

— Je suis un drôle de bonhomme.

— Est-ce que tu crois que tu serais encore assez fort pour en ramener un gros, un vraiment gros ?

— Il me semble. Et puis il y a des tas de feintes.

— Ramenons toujours tes affûtiaux à la maison, dit le gamin, je prendrai le filet à sardines, comme ça je pourrai pêcher un coup.

Ils ramassèrent les agrès de la barque. Le vieil homme avait le mât sur son épaule, le gamin portait la caisse qui contenait les lignes brunes en tresse serrée lovées sur elles-mêmes, la gaffe et le harpon. Le seau aux appâts était sous l'appontement, à la poupe, ainsi que le gourdin qui servait à assommer les grands poissons quand ils étaient amenés à flanc de barque. Personne n'aurait rien chipé au vieux, mais c'était plus prudent de ranger la voile et les grosses lignes auxquelles la rosée ne valait rien. Les gens du pays, bien sûr, respectaient les affaires du vieux, mais il ne faut tenter personne avec une gaffe et un harpon abandonnés dans un bateau.

Ils marchèrent côte à côte jusqu'à la cabane du vieux, dont la porte était ouverte. Le vieux appuya contre le mur le mât entouré de sa voile ; le gamin déposa à côté la caisse et les autres objets. Le mât touchait presque au plafond de la cabane. Celle-ci, composée d'une seule pièce, était construite avec cette matière dure surnommée *guano* et qui n'est

autre qu'un assemblage d'écorces de palmier royal. Elle contenait une table et une chaise. On faisait la cuisine sur un réchaud à charbon de bois posé à même le sol en terre battue. Sur les parois brunes, où pointaient çà et là les feuilles aplaties du *guano* à la fibre résistante, étaient fixées deux gravures en couleurs : le Sacré-Cœur de Jésus et la Vierge de Cobre.

C'étaient des souvenirs de sa femme. Le mur autrefois s'ornait d'une photographie en couleurs de l'épouse elle-même, mais le vieux, quand il la regardait, se sentait encore plus seul. Il l'avait rangée sur l'étagère du coin, sous sa chemise de rechange.

— Qu'est-ce que t'as à manger ? demanda le gamin.

— Une potée de riz au safran avec du poisson. T'en veux ?

— Non. Je mangerai à la maison. Tu veux-t-y que je fasse du feu.

— Non. J'en ferai plus tard. Peut-être que je mangerai le riz froid.

— Je peux-t-y prendre le filet à sardines ?

— Bien sûr.

Il n'y avait pas de filet à sardines ; le gamin se rappelait fort bien l'époque où il avait été vendu. Mais ils jouaient cette petite comédie tous les jours. Il n'y avait pas davantage de riz au safran ni de poisson.

— Quatre-vingt-cinq, c'est un bon chiffre, dit le vieux. Qu'est-ce que tu dirais si tu me voyais en ramener un qui pèserait une demi-tonne, dans ma frégate ?

18

— Je prends le filet et je vas aux sardines. Pourquoi que tu t'assoirais pas au soleil devant la porte ?

— C'est ça. Je vais lire la page de base-ball dans le journal d'hier.

Le gamin ne savait pas si le journal d'hier faisait partie de la comédie. Mais le vieux alla le tirer de dessous son lit.

— C'est Perico qui me l'a donné à la *bodega*, dit-il en manière d'explication.

— Je reviendrai quand j'aurai les sardines. Je mettrai les tiennes et les miennes dans la glace, et demain matin on partage. Quand je me ramènerai, tu me raconteras tout ce qu'y a sur le base-ball.

— Les Yankees peuvent pas perdre.

— Moi, j'ai peur des Indiens de Cleveland.

— Aie confiance dans les Yankees, mon enfant. Pense au grand Di Maggio.

— J'ai peur à la fois des Tigres de Detroit et des Indiens de Cleveland.

— Méfie-toi : tu vas bientôt avoir peur des Rouges de Cincinnati et des Bas-Blancs de Chicago.

— Tu potasses la question, hein ? Et puis tu me racontes tout quand je reviens.

— Tu crois pas qu'on devrait acheter un billet de loterie qui se termine par un quatre-vingt-cinq ? Demain, c'est le quatre-vingt-cinquième jour.

— C'est une idée, dit le gamin. Mais qu'est-ce que tu dirais du quatre-vingt-sept de ton fameux poisson ?

— Ces choses-là n'arrivent pas deux fois. Crois-tu que tu pourras trouver un quatre-vingt-cinq ?

— Je pourrais en commander un.

— Un dixième. Ça fait deux dollars et demi. A qui c'est-y qu'on va les emprunter ?

— Bah ! C'est pas dur. Je trouverai toujours bien deux dollars et demi.

— Moi aussi, peut-être. Mais j'essaie de pas emprunter. Tu commences par emprunter et bientôt te voilà mendiant.

— Couvre-toi bien, grand-père, dit le gamin. Oublie pas qu'on est en septembre.

— Le mois des grands poissons, dit le vieux. N'importe qui peut se faire pêcheur en mai.

— Allez, je m'occupe des sardines ! dit le gamin.


Quand le jeune garçon revint, le vieux dormait dans son fauteuil et le soleil était couché. Le jeune garçon enleva du lit la vieille couverture militaire et la disposa par-dessus le dossier du fauteuil sur les épaules du vieux. C'étaient de curieuses épaules puissantes en dépit de la vieillesse ; le cou aussi conservait de la force : on en voyait moins les stries dans cette posture de sommeil qui maintenait la tête penchée en avant. La chemise du vieux avait tellement de pièces qu'elle ressemblait à la voile de sa barque ; ces pièces avaient pris en se fanant mille teintes variées. La tête, elle, était très vieille. Ce visage aux yeux fermés n'avait plus l'air vivant. Le journal était étalé sur les genoux du vieux ; le poids de son bras le défendait contre la brise du soir. Le vieux était pieds nus.

Le gamin le laissa à son somme et s'absenta de nouveau. Quand il revint, le vieux dormait toujours.

— Réveille-toi, grand-père, dit le gamin en posant la main sur le genou du vieux.

Le vieux ouvrit les paupières et mit un bon moment à sortir des profondeurs de son rêve. Puis il sourit.

— Qu'est-ce que c'est que t'as là ? demanda-t-il.

— Le dîner, dit le gamin. On va dîner.

— J'ai pas bien faim.

— Allez, viens manger. Tu peux pas aller pêcher si tu manges rien.

— Ça m'est déjà arrivé, dit le vieux en se levant et en repliant le journal. Il commença à plier la couverture.

— Garde la couverture sur toi, dit le gamin. Tant que je serai vivant, t'iras pas à la pêche le ventre vide.

— Bon. Tâche de vivre longtemps et de prendre soin de toi, dit le vieil homme. Qu'est-ce que tu nous offres ?

— Des haricots noirs avec du riz, des bananes frites et du ragoût.

Le gamin avait été chercher tout cela à la *Terrasse* et le rapportait dans une gamelle. Les couteaux, fourchettes et cuillers pour deux étaient dans sa poche, enveloppés de serviettes en papier.

— Qui c'est qui t'a donné tout ça ?

— Martin le patron.

— Faudra que je le remercie.

— T'as pas besoin, dit le gamin. Je l'ai déjà remercié.

— J'y donnerai les filets de dessous d'un grand poisson, dit le vieux. Est-ce qu'il nous a déjà donné des choses, comme aujourd'hui ?

— Je crois.

— Alors, les filets de dessous, ça suffit pas. Je lui donnerai davantage. Il est généreux, cet homme-là.

— Y a aussi deux bouteilles de bière.

— Moi, j'aime mieux la bière en boîte.

— Je sais bien, mais celle-là, elle est en bouteille, c'est de la bière Hatuey ; je lui rapporterai les bouteilles vides.

— T'es bien gentil, dit le vieux. Alors, c'est-y qu'on mange ?

— Je te l'ai déjà proposé, dit le gamin avec douceur. Je voulais pas ouvrir la gamelle avant que t'en aies envie, tu comprends.

— Ben je suis prêt maintenant, dit le vieux. Fallait seulement le temps de me laver.

« De te laver où ? » se demanda le gamin. La fontaine publique était à deux rues de là. « Faudra que je lui apporte de l'eau, songea le gamin, et du savon, et une bonne serviette. Je pense vraiment à rien. Faudra lui trouver aussi une autre chemise et un paletot pour l'hiver, et puis des chaussures, et puis une autre couverture. »

— Il est fameux ton ragoût, dit le vieux.

— Alors, le base-ball ? demanda le gamin.

— Dans le match de l'American League, c'est les Yankees, je te l'avais-t-y pas dit ? dit le vieux, joyeusement.

— Aujourd'hui, ils ont perdu, dit le gamin.

— Ça veut rien dire. Le grand Di Maggio, il a retrouvé sa forme.

— Y a d'autres joueurs dans l'équipe.

C'est une affaire entendue. Mais c'est lui qui compte. Dans l'autre match entre Brooklyn et Philadelphie, moi je parie que c'est Brooklyn qui gagne. Je pense toujours à Dick Sisler. Dans le vieux Parc, il te réussissait de ces coups !...

— J'ai jamais vu quelqu'un lancer la balle comme ça, aussi loin.

— Tu te rappelles quand il venait à la *Terrasse* ? Je l'aurais bien emmené à la pêche, moi, mais question de lui demander, j'ai pas osé ! Et toi, pour lui dire, t'étais pas plus courageux que moi.

— Je sais. On a eu rudement tort. Peut-être qu'il serait venu avec nous. Tu te rends compte : un souvenir comme ça !

— Ce que j'aimerais emmener le grand Di Maggio à la pêche ! dit le vieux. Son père, paraît que c'était un pêcheur aussi. Il était pauvre comme nous, si ça se trouve. Il comprendrait.

— Le père du grand Sisler, il a jamais été pauvre, la preuve, c'est qu'il jouait déjà dans les grands matches quand il avait mon âge, le père.

— Quand j'avais ton âge, moi je grimpais au mât d'un bateau à voiles qui faisait les côtes d'Afrique, et j'ai vu des lions, le soir sur les plages.

— Je sais. Tu m'as raconté.

— On parle-t-y de l'Afrique ou du base-ball ?

— Plutôt du base-ball, dit le gamin. Dis-moi et le grand John J. McGraw ? (L'enfant disait *Jota* pour *j*.)

— Lui aussi il venait souvent à la *Terrasse* dans le temps. Mais il était grossier et bagarreur, avec ça qu'on pouvait plus le tenir quand il avait bu. Il s'intéressait aux courses au moins autant qu'au base-ball. En tout cas, il avait toujours les poches pleines de listes de chevaux et il disait souvent des noms de chevaux au téléphone.

— C'était un grand organisateur, dit le gamin. Mon père il pense que c'était le plus grand de tous.

— C'est parce qu'il venait ici plus souvent que les autres, dit le vieux. Si Durocher avait continué à venir ici tous les ans, ton père aurait trouvé que c'était lui le plus grand organisateur.

— A ton avis, qui est le plus grand organisateur ? Luque ou Mike Gonzalez ?

— Je crois qu'ils se valent.

— Et le meilleur pêcheur, c'est toi.

— Non. Y en a de meilleurs.

— *Qué va*, dit le gamin. Y a beaucoup de bons pêcheurs et puis y a des très grands pêcheurs. Mais y en a qu'un comme toi.

— Merci, petit. Tu me fais bien plaisir. J'espère que je ne rencontrerai jamais un poisson tellement costaud qu'il te fasse mentir.

— Si t'es aussi costaud que tu le dis, ce poisson-là, il existe pas.

— Peut-être que je suis pas aussi costaud que ça, dit le vieux. Mais je connais des tas de trucs et je suis têtu.

— Tu devrais te coucher maintenant pour être d'attaque demain. Je vais rapporter tout ça à la *Terrasse*.

— Eh bien, alors, bonsoir. Je te réveillerai demain matin.

— C'est toi qu'es mon réveille-matin, dit le gamin.

— Moi, c'est mon âge qu'est mon réveille-matin,

dit le vieux. Pourquoi que les vieux se réveillent tôt ? C'est-y pour avoir des jours plus longs ?

— Je sais pas, dit le gamin. Tout ce que je sais, c'est qu'à mon âge, à moi, on dort tard et qu'on a du mal à se réveiller.

— Je me souviens encore de ce temps-là, dit le vieux. Je te réveillerai bien à l'heure.

— J'aime pas quand c'est lui qui me réveille. Ça me donne l'impression d'être son inférieur.

— Je sais.

— Dors bien, grand-père.

L'enfant s'en alla. Ils avaient dîné sans lumière. Le vieux enleva son pantalon et se coucha dans l'obscurité. Il roula le pantalon en boule, le bourra de journaux et s'en fit un oreiller. Il s'entoura de la couverture et s'allongea sur d'autres vieux journaux qui couvraient le sommier du lit.

Bientôt endormi, il rêva de l'Afrique de sa jeunesse, des longues plages dorées, des plages éclatantes, si éclatantes qu'elles font mal aux yeux, des caps altiers, des grandes montagnes brunes. Toutes ses nuits, il les passait sur cette côte africaine ; le mugissement des vagues emplissait ses rêves, et il voyait les pirogues des Nègres courir sur les brisants. L'odeur de goudron et d'étoupe que l'on sent sur les ponts de bateaux parfumait son sommeil. A l'aurore, c'est l'odeur même de l'Afrique que la brise de terre lui apportait.

Généralement, quand il sentait la brise de terre, ıl s'éveillait, s'habillait, et allait secouer le gamin. Mais cette nuit-là, l'odeur de la brise de terre vint très tôt ; trop tôt, pensa-t-il au milieu de son rêve. Il continua à dormir pour voir les blancs pics des Iles surgir de la mer. Il vit ensuite les ports et les rades des îles Canaries.

Il ne rêvait plus jamais de tempête, ni de femmes, ni de grands événements, ni de poissons énormes, ni de bagarres, ni d'épreuves de force, ni même de son épouse. Il ne rêvait que de paysages et de lions au bord de la mer. Les lions jouaient comme des chats dans le crépuscule, et il les aimait comme il aimait le gamin. Jamais il ne rêvait du gamin. Il s'éveilla, regarda la lune par la porte ouverte, puis déroula son pantalon et l'enfila. Dehors, il urina contre la cabane et prit la route qui montait pour aller réveiller le gamin. Il frissonnait dans le froid matinal. Mais il savait que ces frissons le réchaufferaient et qu'il serait bientôt penché sur ses rames.

La porte de la maison où habitait le gamin n'était pas fermée à clef. Il l'ouvrit et entra silencieusement sur ses pieds nus. Le gamin dormait dans un petit lit qui se trouvait dans le vestibule. Le vieux l'aperçut nettement à la clarté de la lune pâlissante. Il le prit doucement par un pied et tint ce pied en l'air. Le gamin s'éveilla, se retourna et regarda le vieux qui fit un signe de tête ; le gamin attrapa son pantalon sur une chaise et le passa sans se lever.

Le vieux sortit de la maison et le gamin sortit derrière lui. Il était encore tout endormi. Le vieux lui entoura les épaules de son bras en disant :

— Ça me fait chagrin de te réveiller.

— *Qué va*, dit le gamin. Faut bien sortir du lit quand on est un homme.

Ils descendirent jusqu'à la cabane du vieux. Tout le long du chemin des gens se mouvaient, pieds nus, dans l'obscurité, les mâts de leurs bateaux sur les épaules.

A la cabane, ils prirent des lignes embobinées dans le panier, le harpon et la gaffe. Le vieux chargea sur son épaule le mât entouré de la voile.

— Tu veux du café ? demanda le gamin.

— Plus tard. Faut d'abord gréer le bateau.

Ils burent leur café dans des boîtes de conserve qu'on leur servit dans un mastroquet pour pêcheurs qui ouvrait tôt.

— As-tu bien dormi, grand-père ? demanda le gamin. Il avait du mal à se dégager de son sommeil, il commençait à peine à se réveiller.

— Très bien, Manolin, répondit le vieux. J'ai très confiance aujourd'hui.

— Moi aussi, dit le gamin. Bon ; maintenant faut que j'aille chercher tes sardines et les miennes et puis tes appâts frais. Chez nous le patron apporte les agrès lui-même. Personne a le droit de toucher à rien.

— Chacun sa manière, dit le vieux. Moi, tu n'avais pas cinq ans, je te laissais porter n'importe quoi.

— Je sais, dit le gamin. Je reviens tout de suite. Prends encore un café. Ici, ils nous font crédit.

Pieds nus sur les rochers de corail, il se dirigea vers la glacière municipale où l'on gardait les appâts.

Le vieux but son café à petits coups. C'était tout ce qu'il prendrait jusqu'au soir et il savait qu'il en avait besoin. Depuis longtemps déjà manger l'ennuyait ; il n'emportait jamais de casse-croûte. Il avait une bouteille d'eau à l'avant de la barque : cela suffisait pour toute la journée.

Le gamin revint avec les sardines et les deux appâts enveloppés dans du papier de journal. Ils s'engagèrent dans le sentier qui descendait jusqu'à la barque, enfonçant leurs pieds dans le sable caillouteux, puis ils soulevèrent la barque et la firent glisser dans l'eau.

— Bonne chance, grand-père.

— Bonne chance à toi, dit le vieux.

Il enfila dans les tolets les garnitures de corde des rames et, se penchant en avant pour faire levier sur les pales plongées dans l'eau, il commença à ramer et gagna dans le noir la sortie du port. Il y avait d'autres barques, venues d'autres baies, qui se dirigeaient de même vers le large. Le vieux entendait le bruit des avirons qui frappaient et repoussaient l'eau, toutefois il ne distinguait rien car la lune était descendue derrière les collines.

Parfois on entendait parler dans un bateau. Mais la plupart des embarcations étaient silencieuses, à part le bruit des rames.

Passé les limites du port, on se dispersa et chacun se dirigea vers le coin d'océan où il espérait trouver du poisson. Le vieux savait qu'il irait très loin, il laissait derrière lui le parfum de la terre ; chaque coup de rame l'enfonçait dans l'odeur matinale et pure de l'océan. Dans l'eau, il voyait les algues phosphorescentes du Gulf Stream : il passait au-dessus de cette région marine que les pêcheurs appellent le Grand Puits, à cause d'une brusque dépression de quinze cents mètres, où le poisson pullule, attiré par les tourbillons que produit le choc du courant contre les murailles abruptes du fond de la mer. Il y avait des bancs de crevettes et de sardines, parfois même des colonies de seiches dans les trous les plus profonds ; la nuit, tout cela montait à la surface et servait de nourriture aux poissons errants.

Dans l'obscurité le vieux devinait l'aube. Il entendait en ramant les vibrations des poissons volants qui jaillissaient de l'eau, le sifflement de leurs ailes raides quand ils s'élançaient dans la nuit. Il aimait beaucoup les poissons volants ; c'était, pour ainsi dire, ses seuls amis sur l'océan. Les oiseaux lui faisaient pitié, les hirondelles de mer surtout, si délicates dans leur sombre plumage, qui volent et guettent sans trêve, et presque toujours en vain. Les oiseaux, ils ont la vie plus dure que nous autres, pensait-il, à part les pies voleuses et les gros rapaces. En voilà une idée de faire des petites bêtes mignonnes, fragiles, comme des hirondelles de mer, quand l'océan c'est tellement brutal ? C'est beau l'océan, c'est gentil, mais ça peut devenir brutal, bougrement brutal en un clin d'œil. Ces petits oiseaux-là qui volent, qui plongent, qui chassent avec leurs petites voix tristes, c'est trop délicat pour l'océan.

Il appelait l'océan *la mar*, qui est le nom que les gens lui donnent en espagnol quand ils l'aiment. On le couvre aussi d'injures parfois, mais cela est toujours mis au féminin, comme s'il s'agissait d'une femme. Quelques pêcheurs, parmi les plus jeunes, ceux qui emploient des bouées en guise de flotteurs pour leurs lignes et qui ont des bateaux à moteur,

achetés à l'époque où les foies de requins se vendaient très cher, parlent de l'océan en disant *el mar*. qui est masculin. Ils en font un adversaire, un lieu. même un ennemi. Mais pour le vieux, l'océan c'était toujours *la mar*, quelque chose qui dispense ou refuse de grandes faveurs ; et si *la mar* se conduit comme une folle, ou comme une mégère. c'est parce qu'elle ne peut pas faire autrement : la lune la tourneboule comme une femme.

Il ramait toujours. Cela ne lui demandait aucun effort parce qu'il gardait bien sa vitesse et parce que la surface de l'océan était lisse, sauf quelques rides produites par le courant de temps à autre. Le courant faisait le tiers de la besogne. Quand le jour pointa, le vieux avait parcouru plus de chemin qu'il ne l'espérait.

« J'ai travaillé les grands fonds pendant une semaine et j'ai rien attrapé, songeait-il. Aujourd'hui je vas travailler du côté des bancs de bonites et d'albicores. Peut-être bien que j'en dénicherai un grand par là ! »

Avant qu'il fît tout à fait jour, il avait posé ses appâts. Le courant le portait. Il avait laissé filer un des appâts à quarante toises de profondeur : le second était à soixante-dix-sept toises ; le troisième et le quatrième se promenaient au fond de l'eau bleue à cent et cent vingt-cinq toises. Chaque appât était suspendu la tête en bas, le corps de l'hameçon à l'intérieur du poisson-amorce, bien attaché, solidement cousu, les parties saillantes, courbe et pointe, recouvertes de sardines fraîches. Les sardines, enfilées à travers les deux yeux, formaient une sorte de guirlande, qui recouvrait l'acier. Pas un millimètre d'hameçon qui ne fût pour un gros poisson, d'une odeur agréable et d'un goût appétissant.

Le gamin lui avait donné deux de ces petits thons qu'on appelle albicores. Le vieux les avait attachés aux deux lignes de fond, qu'ils tendaient comme des plombs ; aux deux autres il avait mis un gros *runner* bleu et un brocheton jaune qui avaient déjà servi, mais qui étaient encore en fort bon état. De toute façon, les exquises sardines étaient là pour leur donner du bouquet et de l'attrait. Chaque ligne, de l'épaisseur d'un gros crayon, était nouée autour d'une légère badine en bois vert ; le moindre choc, la moindre touche sur l'appât faisait plonger la badine. Le vieux tenait en réserve deux rouleaux de ligne de quarante toises chacun, qui pouvaient s'ajouter en cas de besoin aux lignes de secours, si bien que, pour un poisson, on avait plus de trois cents toises à laisser filer.

Pour le moment l'homme surveillait la position des trois badines le long de la barque et ramait doucement afin de maintenir les lignes bien verticales et tendues jusqu'à leurs profondeurs respectives. Il faisait tout à fait jour maintenant ; d'une minute à l'autre, le soleil allait apparaître.

Il émergea des flots et le vieux aperçut les autres barques, au ras de l'eau, pas bien loin de la côte, posées çà et là sur la tranche du courant. Puis le soleil prit de la force, ses rayons incendièrent la mer ; quand il se dégagea tout à fait de l'horizon, sa réflexion sur le miroir liquide frappa l'homme en plein dans les yeux ; cela lui fit très mal, et il continua à ramer en détournant la tête. Du regard, il suivait ses lignes qui plongeaient tout droit dans les sombres abîmes aquatiques. Il savait les maintenir plus droites que quiconque ; à chaque niveau, dans les ténèbres du courant, il y avait un appât à l'endroit exact qu'il avait choisi. Les autres pêcheurs laissaient leurs appâts dériver dans le courant, et faisaient sur leur emplacement des erreurs de quarante toises.

« Pourtant, pensait le vieux, je les maintiens à la profondeur qu'il faut. Mais voilà, j'ai plus jamais de veine ! Et qui sait ? Aujourd'hui peut-être... Tout recommence tous les jours. C'est très bien d'avoir de la veine, mais j'aime encore mieux faire ce qu'il faut. Alors, quand la veine arrive, on est fin prêt. »

Le soleil montait depuis deux heures et le vieux n'avait plus aussi mal aux yeux quand il regardait vers le levant. Trois barques seulement restaient en vue ; elles paraissaient très basses sur l'eau, très proches du rivage.

« Ça été comme ça toute ma vie, le soleil me fait mal aux yeux le matin, pensait le vieux. N'empêche qu'ils sont encore solides ! Le soir je peux le regarder en face, le soleil, et je vois même pas de taches noires. Et il est plus fort à cette heure-là ! Mais le matin ça fait bougrement mal. »

En face de lui un aigle de mer aux longues ailes noires traçait des cercles dans le ciel. L'oiseau fonça brusquement, porté de biais sur ses ailes en triangle, puis recommença à tourner en rond.

— Il a fini de chercher, dit le vieux à haute voix. Il a repéré quelque chose.

Avec une régulière lenteur, il rama vers l'endroit au-dessus duquel l'oiseau décrivait ses ronds. Il ne se hâtait pas ; il prenait soin de maintenir ses lignes verticales et tendues ; toutefois il allait un peu plus vite que le courant ; quoiqu'il continuât à pêcher selon les règles, son allure était plus rapide que s'il n'y avait pas eu d'oiseau.

L'aigle s'éleva dans l'air, puis recommença à planer et à tourner. Brusquement il fondit ; le vieux aperçut des poissons volants qui jaillissaient hors de l'eau et jouaient désespérément des ailes à la surface.

— Des dorades ! dit le vieux à haute voix, et des grosses !

Il amena ses rames et prit une petite ligne rangée sous l'avant. Elle avait une base métallique et un hameçon de grosseur moyenne, auquel il accrocha une sardine. Il la laissa filer par-dessus bord, puis la fixa à une des chevilles de l'arrière. Ensuite, il amorça une autre ligne à l'avant, mais la laissa lovée dans l'ombre, sous le petit appontement. L'oiseau noir aux longues ailes rasait maintenant presque l'eau. Le vieux, sans le quitter des yeux, recommença à ramer.

L'oiseau, oblique, fondit de nouveau sur les poissons volants et battit follement des ailes, mais sans résultat. Les dorades, à toute vitesse, suivaient sous l'eau le vol des poissons en déroute ; elles les attendaient à leur retombée. Le vieux observait les vagues qu'elles soulevaient.

« C'est un gros banc de dorades, pensa-t-il. Y en a partout. Les poissons n'ont pas beaucoup de chance de s'en tirer. L'oiseau, lui, il aura rien. Les poissons volants, c'est trop gros pour lui et puis ça va trop vite. »

Il contempla les poissons volants qui sautaient à tout instant hors de l'eau, et les vains efforts de l'oiseau pour en saisir un. « Ce banc-là, il se débine, pensa-t-il. Trop vite pour moi et puis trop loin. Peut-être bien que je pourrai en piquer une qui sera à la traîne ; peut-être bien que mon grand poisson se balade derrière elle. Ce grand poisson-là, faut bien qu'il soit quelque part, tout de même. »

Au-dessus de la côte, les nuages s'étaient mis à ressembler à des montagnes ; on ne voyait plus de la terre qu'une longue ligne verte se détachant sur des collines bleutées. L'eau était devenue d'un bleu sombre, si sombre qu'elle paraissait violette. Le vieux apercevait des taches rouges de plancton au fond de cette obscurité où le soleil mettait des clartés étranges. Les lignes plongeaient tout droit et se perdaient dans les profondeurs. Le plancton le réjouit : cela signifiait abondance de poisson. Le soleil était assez haut et ces clartés étranges dans la mer présageaient du beau temps, de même que la forme des nuages au-dessus de la côte. Cependant l'oiseau était devenu presque invisible et rien ne se montrait à la surface, si ce n'est quelques bouquets d'herbe des Sargasses, d'un jaune décoloré, et le sac rubescent, gélatineux, irisé d'une méduse qui flottait tout près du bateau. Elle se mit de flanc, puis se redressa. Elle flottait aussi gaiement qu'une boule de savon. Ses filaments pourpres, longs d'un mètre, la suivaient, semblables à quelque traîne perfide.

— *Agua mala*, dit le vieux. Putain, va !

Sans lâcher ses avirons, il se pencha légèrement pour observer de petits poissons qui nageaient sous l'ombre du mollusque à la dérive. Ils étaient du même rouge que les filaments onduleux, entre lesquels ils circulaient sans danger. Le poison de la méduse n'affecte que l'homme. Qu'un filament se trouvât arraché par une ligne, et tombât, pourpre et gluant, sur la main ou le bras du vieux, de vilaines cloques et des plaies se formaient aussitôt. La brûlure de l'*agua mala* est aussi douloureuse qu'un coup de fouet.

Les méduses irisées étaient charmantes. Mais c'étaient les choses les plus traîtresses de la mer et le vieux était content quand il voyait les grosses tortues les dévorer. Dès qu'elles les apercevaient, les tortues les attaquaient de front en fermant les yeux afin d'être protégées entièrement, puis les gobaient, filaments et tout. Le vieux adorait voir les tortues manger les méduses. Il prenait de même grand plaisir à les écraser, sur la plage après la tempête, à entendre leur éclatement quand il posait sur elles ses pieds dont la plante était dure comme de la corne.

Il aimait particulièrement les tortues vertes et les tortues à bec de faucon, si élégantes, si rapides, et d'un tel prix ! En revanche il n'avait qu'un amical mépris pour ces idiotes de tortues « lourdaudes » à l'armure jaune, qui s'accouplent dans les postures les plus bizarres et qui avalent si gaillardement les méduses en fermant les yeux.

Bien qu'il eût pêché la tortue pendant plusieurs années, il n'était pas insensible à la condition de cet animal. Il plaignait toutes les tortues, même les grosses « à dos en coffre » qui avaient la taille de sa barque et pesaient une demi-tonne. Les gens n'ont pas de pitié pour les tortues, sous prétexte qu'un cœur de tortue continue à battre des heures après qu'elle a été ouverte et vidée. Le vieux songeait : « J'ai un cœur tout pareil au cœur des tortues, et mes mains, mes pieds sont comme les leurs. » Il mangeait leurs œufs blancs pour se donner de la force. Il en mangeait pendant tout le mois de mai afin d'être fort en septembre et en octobre, quand vient vraiment le gros poisson.

De même il buvait chaque jour un verre d'huile de foie de requin. Il y en avait un bidon en permanence dans le hangar où la plupart des pêcheurs rangeaient leurs agrès. Cette huile était à leur disposition. Ils en trouvaient le goût abominable. Mais avaler ce breuvage était-il plus difficile que de se lever en pleine nuit, comme ils faisaient ? En outre, c'était un excellent remède contre le rhume et la grippe. C'était aussi bon pour les yeux.

Le vieux scruta le ciel et vit l'oiseau qui recommençait à tourner en rond.

— Il a trouvé du poisson, dit-il à haute voix.

Or, nul poisson volant ne fendait l'air et il n'y avait pas de menu fretin aux alentours. Mais tandis que le vieux guettait, il vit un thon de petite taille sauter, se retourner et piquer dans l'eau la tête la première. Le thon avait brillé comme de l'argent au soleil. Dès qu'il fut retombé un autre thon sauta, puis un autre encore et bientôt ce ne fut plus qu'une multitude de bonds désordonnés, de bouillonnements d'eau, de longues trajectoires vers l'appât. Les thons l'entouraient de toutes parts.

« Si ces bougres-là ne se pressent pas trop, je vas leur rentrer en plein dedans », pensa le vieux.

Les évolutions du banc de thons produisaient beaucoup d'écume ; l'oiseau fondit soudain et plongea pour attraper le menu fretin qui, dans sa frayeur, cherchait refuge à la surface.

— C't oiseau-là, c'est un sacré atout, dit le vieux. Au même moment, la ligne de l'avant se tendit sous son pied, qu'il avait passé dans une boucle du fil. Il lâcha les rames, attrapa la ligne et commença à la tirer. A l'autre bout, un petit thon donnait des secousses. A mesure que le vieux tirait, les secousses augmentaient. Enfin, il aperçut dans l'eau le dos bleu et les flancs dorés du poisson, qu'il souleva par-dessus bord et jeta dans le bateau. Dur et luisant comme un obus, le thon atterrit à l'arrière, en plein soleil. Il ouvrait d'immenses yeux stupides, et martelait frénétiquement, de sa queue mince et agile, le fond de la barque. Il étouffait. Par pitié, le vieux l'assomma et d'un coup de pied — la bête était encore agitée de soubresauts — l'envoya dans un recoin d'ombre, sous la poupe.

— Un albicore, dit-il tout haut. Ça fera un appât épatant. Il fait bien ses neuf livres.

A quelle époque au juste avait-il commencé à parler tout seul ? Il ne s'en souvenait pas. Autrefois il chantait. Il chantait la nuit, quand il prenait son quart au gouvernail sur les cotres de pêche ou les bateaux à tortues. C'est probablement quand le gamin l'avait quitté qu'il s'était mis à parler tout seul. Mais il n'en était pas bien sûr. Au temps où le gamin et lui allaient à la pêche ensemble, ils ne se disaient que ce qui était nécessaire. Ils parlaient la nuit ou bien quand ils étaient pris par un grain. En mer, il ne faut dire aucune parole inutile ; le vieux en avait toujours jugé ainsi et il observait le silence. Mais à présent il donnait très souvent une voix à ses pensées. Aussi bien, il n'y avait plus personne qu'elles eussent pu ennuyer.

— Si les gens m'entendaient causer comme ça tout seul, ils croiraient que je suis maboul, dit-il à haute voix. Mais du moment que je suis pas maboul, ça m'est égal. Sans compter que les riches, ils ont des T.S.F. dans leurs bateaux pour leur tenir compagnie et pour leur raconter le base-ball.

« C'est pas le moment de s'occuper de base-ball, songea-t-il. C'est le moment de penser à une chose. Rien qu'une. La chose pourquoi je suis né. Des fois qu'il y en aurait un gros dans les environs de ce banc-là ? J'ai tout juste piqué un feignant d'albicore qui cherchait son manger. Ils se cavalent au diable en vitesse. Tout ce qui montre le museau à la surface aujourd'hui fiche le camp au nord-est. L'heure y serait-y pour quelque chose ? Ou c'est-y le temps qui change ? »

Il ne distinguait plus la ligne verte du rivage ; seuls les sommets des collines bleues se détachaient en blanc comme s'ils étaient couverts de neige ; les nuages qui les couronnaient ressemblaient aussi à de hautes montagnes neigeuses. La mer avait pris une couleur foncée et la lumière découpait des prismes dans l'eau. Les taches innombrables du plancton se dissolvaient dans l'éclat du soleil à son zénith ; le vieux ne voyait plus que les irisations profondes sous l'eau violette et ses lignes qui descendaient tout droit dans la mer. Il y avait mille mètres de fond.

Les thons étaient redescendus assez loin de la surface. Les pêcheurs appellent thons tous les poissons de cette espèce ; ils ne leur donnent leur véritable nom que pour les vendre ou les échanger contre des appâts. Le soleil était brûlant. Le vieux le sentait sur sa nuque. La sueur lui coulait le long du dos tandis qu'il ramait.

« Je pourrais me laisser dériver, songeait-il, et piquer un roupillon. Suffit d'enrouler un bout de ligne autour de mon doigt de pied pour que ça me réveille. Mais aujourd'hui c'est le quatre-vingt-cinquième jour. Faut pas que je fasse de fantaisies. »

A ce moment précis, comme il surveillait ses lignes, une des badines vertes qui servaient de flotteur piqua brusquement du nez.

— Voilà ! Voilà ! dit-il, j'arrive !

Il rentra ses rames sans heurter le bateau. Il se pencha vers la ligne et la prit délicatement entre le pouce et l'index de la main droite. Aucun poids, aucune tension. Il tenait la ligne légèrement. Cela recommença. Cette fois quelque chose tirait, pas bien fort, mais le vieux sut exactement ce que c'était. A cent pieds en dessous, un espadon était en train de manger les sardines qui recouvraient la pointe et la saillie de l'hameçon à l'endroit où celui-ci perçait la tête du petit thon.

Le vieux, tout en maintenant la ligne délicatement, légèrement avec la main gauche, défit le nœud qui l'attachait à la badine : elle pourrait ainsi glisser entre ses doigts sans que le poisson sentît la moindre résistance.

— Vu la saison et loin comme on est, il doit être bougrement gros ! pensa-t-il. Allez ! mange, poisson ! C'est pour toi que je l'ai mis au frais, à six cents pieds de fond dans l'eau froide.

— Vas-y, lance-toi encore un coup dans le noir ! Viens croquer mes sardines !

Une secousse légère, puis une autre plus marquée : une des têtes de sardine était moins facile à arracher de l'hameçon... Rien.

— Allez, viens donc ! dit le vieux tout haut. Viens-y voir encore une fois, mon gars ! Sens-moi ça. C'est-y pas un régal ? Mange des sardines tant que ça peut ; après y aura le thon. Bien ferme, et froid, tu m'en diras des nouvelles. Aie pas peur, mon mignon. Mange !

Il attendait, le fil entre le pouce et l'index, surveillant non seulement cette ligne-là, mais aussi les autres, car le gros poisson pouvait se déplacer. La même secousse légère se fit sentir à nouveau.

— Il y vient, dit le vieux tout haut. Mon Dieu, faites qu'il morde.

Le gros poisson ne mordit pas. Il était parti. Le vieux ne sentait plus rien.

— C'est pas possible, dit-il. Le Bon Dieu permettrait pas qu'il soit parti. Il fait un tour puis il va revenir. Peut-être qu'il a déjà tâté de l'hameçon et qu'il s'en souvient ?

De nouveau la secousse.

— Il faisait seulement un tour, dit le vieux joyeusement, il va mordre.

Le menu tiraillement le rendait tout heureux, et puis voilà qu'il sentit tout à coup quelque chose de dur, d'incroyablement lourd : c'était le poisson qui pesait de tout son poids. Il laissa la ligne filer, filer, filer, tout en déroulant une des deux lignes de réserve. Le fil descendait. Bien qu'il glissât légèrement entre les doigts du vieux, bien que la pression du pouce et de l'index fût à peine sensible, il y avait toujours le poids formidable à l'autre bout.

— Pour un gros, c'est un gros, dit-il. Il l'a en long dans la bouche et il fout le camp avec.

« Il va tourner. Il va l'avaler », pensa-t-il. Il ne l'exprima point, parce que les chants de triomphe, ça risque de tout faire manquer. Il savait que c'était un poisson énorme. Il l'imaginait nageant dans les ténèbres, le thon planté en travers de la gueule. Soudain le poisson ne bougea plus, mais son poids était là. Le poids devint encore plus lourd et le vieux donna du fil. Pendant un instant il serra la ligne plus fort entre le pouce et l'index : le poids s'alourdit d'autant. Cela s'enfonçait à la verticale.

— Il l'a, dit-il. Faut maintenant qu'il l'avale. Et qu'il l'avale bien.

La ligne fila. Dans sa main gauche le vieux saisit les deux bouts de lignes de secours et les noua à la boucle prévue à cet effet sur une troisième ligne. De la sorte il disposait de trois paquets de lignes de quarante toises chacune, outre le paquet qu'il utilisait en ce moment.

— Allez manges-en encore un petit coup, dit-il. Mange, mon gros ! Manges-en jusqu'à ce que la pointe de l'hameçon te rentre dans le cœur et que t'en crèves ! pensait-il. Comme ça tu remontes sans faire d'histoires et je te mets le harpon dans la viande. Allons-y. T'es prêt, maintenant ? T'es-t-y resté assez longtemps à table ?

« Aïe donc ! » s'écria-t-il en pompant vigoureusement des deux mains ; il gagna un mètre de ligne. Il balançait chaque bras alternativement, aussi haut que possible, pivotant sur lui-même et s'aidant de toute la masse de son corps.

Il eut beau pomper tant et plus, rien ne se produisit. Le poisson s'éloigna lentement et le vieux ne put le hisser d'un centimètre. Sa ligne était solide et faite pour les grosses prises. Cependant, elle était si tendue contre son épaule que des gouttelettes en jaillissaient. Le filin émettait dans l'eau une espèce de sifflement sourd ; le vieux halait toujours, s'arc-boutant contre le banc et se penchant en arrière pour mieux résister. Le bateau commença à se déplacer doucement vers le nord-ouest.

Le poisson tirait sans trêve ; on voyageait lentement sur l'eau calme. Les autres appâts étaient toujours au bout de leurs lignes ; il n'y avait qu'à les laisser.

— Je voudrais bien que le gosse soit là, dit le vieux tout haut. Me voilà remorqué par un poisson à présent et c'est moi la bitte d'amarrage ! Si j'amarre la ligne trop près, il est foutu de la faire péter. Ce qu'il faut, c'est se cramponner tant que ça peut et donner du fil tant qu'il en demande. Dieu merci, il va droit devant lui, il descend pas.

« Qu'est-ce que je fais si il se met dans la tête de descendre ? Je me le demande. Qu'est-ce que je fais si il coule et si il crève ? J'en sais rien. Tout ce que je sais, c'est que je ferai quelque chose. Y a plein de choses que je pourrai faire. »

Il maintenait la ligne contre son dos et guettait l'inclinaison qu'elle gardait dans l'eau ; pendant ce temps-là, le bateau voguait à bonne allure vers le nord-ouest. « Ça, ça sera sa perte, pensa le vieux. Il peut pas mener ce train-là à perpète. »

Quatre heures plus tard, le poisson nageait toujours, en plein vers le large, remorquant la barque, et le vieux s'arc-boutait toujours de toutes ses forces, la ligne en travers du dos.

— Je l'ai ferré à midi, dit-il. Et je sais toujours pas à quoi il ressemble.

Quand il avait ferré le poisson, il avait repoussé son chapeau de paille en arrière et le bord de la calotte lui sciait le front. Il avait grand-soif ; il parvint à s'agenouiller sans ébranler la ligne et se glissa sous l'avant aussi loin qu'il put. D'une main il atteignit la bouteille d'eau, la déboucha et but quelques gorgées, puis s'accota. Le mât horizontal, entouré de la voile, lui fournit un siège ; il s'efforça de ne penser à rien et de prendre sa fatigue en patience.

Il regarda derrière lui ; on ne voyait plus la terre. « C'est pas ça qui me gêne, pensa-t-il. Pour revenir j'aurai toujours les lumières de La Havane. J'ai encore deux heures jusqu'à ce que le soleil se couche. Il remontera peut-être avant. Si il remonte pas tout à l'heure, il remontera avec la lune. Si il remonte pas avec la lune, il remontera demain matin. J'ai pas de crampes. Je suis costaud. C'est lui qui a l'hameçon dans le bec, pas moi. Mais, bon sang, faut-il qu'il soit gros pour tirer comme ça !

Qu'est-ce qu'il le coince, le fer, avec ses dents ! Si seulement je pouvais le voir une minute, histoire de savoir contre quoi je me bats. »

La nuit passa, le poisson ne changea ni son allure ni sa direction d'un pouce, du moins c'est ce que le vieux constata d'après la position des étoiles. Après le coucher du soleil, l'air se mit à fraîchir ; la sueur qui couvrait le dos du vieux, ses bras, ses vieilles jambes était glacée. Au cours de la journée il avait enlevé le sac qui bouchait le seau aux appâts et l'avait étalé au soleil pour qu'il séchât. Au crépuscule, il avait attaché le sac autour de son cou, de telle façon qu'il lui pendait dans le dos ; avec mille précautions, il le fit glisser sous la ligne qui lui coupait les épaules. Cela constituait une sorte de tampon ; de même il avait réussi à appuyer sa poitrine contre le rebord de l'appontement, ce qui rendait sa position presque confortable. En fait, c'était à peine moins douleureux qu'avant. Mais par comparaison cela semblait bon.

« Tant qu'il continuera comme ça, pensait-il, je pourrai rien faire pour lui, et il pourra rien faire pour moi. »

A un certain moment, il se mit debout et urina par-dessus bord ; il en profita pour examiner les étoiles et faire le point. De ses épaules jusque dans l'eau, la ligne n'était plus qu'un trait phosphorescent. L'allure était moins rapide à présent, et le halo lumineux de La Havane s'estompait, ce qui indiqua au vieux que le courant devait les porter vers l'est. « Que je perde de vue les lumières de La Havane, ça veut dire qu'on appuie vers l'est », songea-t-il. Parce que, s'il avait continué à marcher tout droit, le poisson, on aurait vu La Havane beaucoup plus longtemps. « Je me demande ce que ça a donné, le base-ball aujourd'hui dans les grands matches. Ça serait épatant de pouvoir pêcher comme ça avec une T.S.F. » Puis il se dit : « Pense qu'à une chose : pense à ce que tu fais. C'est pas le moment de faire l'idiot. »

Il prononça alors : « Je voudrais bien que le gosse soit là. Il m'aiderait. Et puis il verrait ça. »

« On devrait jamais rester seul quand on est vieux, pensa-t-il. Mais c'est inévitable. Surtout que j'oublie pas de manger le thon avant qu'il se gâte ! Ça me gardera mes forces. Rappelle-toi, même si t'as pas faim, faut que tu manges demain matin. Rappelle-toi », se répéta-t-il à lui-même. Pendant la nuit, deux marsouins s'approchèrent de la barque. Il entendit leurs cabrioles et leurs reniflements. Il pouvait discerner le borborygme du mâle et le soupir de la femelle.

— Bons p'tits marsouins, dit-il. Ils jouent, ils font des farces, ils se baisent. C'est les frères de l'homme, pareil que les poissons volants.

Alors il éprouva de la tristesse pour le grand poisson qu'il avait ferré. « C'est un beau poisson, et qu'est pas comme les autres, pensa-t-il. Quel âge qu'il peut bien avoir ? J'en ai jamais attrapé d'aussi costaud, ni qui se conduise aussi drôlement. Peut-être qu'il est trop malin pour sauter. Si il saute, ou si il se lance à toute vitesse, il est fichu d'avoir ma peau. Mais peut-être qu'il a déjà été ferré plusieurs fois et qu'il sait que c'est comme ça qu'il doit essayer de s'en sortir. Il peut pas savoir qu'il n'y a qu'un homme contre lui, et même que

c'est un vieux. Mais, bon sang, quelle pièce, alors !
Si seulement il a la chair un peu fine, qu'est-ce que
ça va me rapporter au marché ! Il a mordu dans
l'hameçon comme un mâle, il tire comme un mâle :
il se défend, il s'affole pas. C'est-y qu'il a une idée
derrière la tête ou qu'il fait n'importe quoi, comme
moi ? »

Il se souvint d'un couple de marlins dont il avait
attrapé la femelle. Les mâles laissent toujours les
femelles manger d'abord. Quand cette femelle-là
s'était sentie ferrée, elle s'était débattue d'une
manière si folle, si épouvantée, si désespérée,
qu'elle avait bientôt perdu ses forces. Tout le temps
de la lutte, le mâle était resté à ses côtés, croisant et
recroisant la ligne, tournoyant en même temps
qu'elle à la surface. Il nageait si près que le vieux
craignait qu'il ne coupât la ligne avec sa queue. La
queue des marlins est coupante comme une faux,
d'ailleurs elle ressemble à une faux par la taille et
par la forme. Le vieux avait amené la femelle à la
gaffe et l'avait assommée à coups de gourdin en se
cramponnant à son bec, qui était long comme une
épée et rugueux comme du papier de verre ; il lui
avait asséné sur la tête des coups si violents que la
peau en était devenue grise comme le tain des
glaces ; enfin, aidé du gamin, il l'avait hissée par-
dessus bord. Pendant tout ce temps le mâle était
resté à côté de la barque. Soudain, alors que le
vieux s'affairait à dégager les lignes et préparait le
harpon, le mâle fit un bond prodigieux hors de l'eau
tout près de la barque, afin de voir où était la
femelle, puis offrant à l'œil ses larges rayures
mauves, déployant ses grandes ailes couleur de

lilas (autrement dit ses nageoires pectorales), il retomba dans la mer. Qu'il était beau ! Qu'il était fidèle ! Le vieux n'avait jamais oublié cela.

« C'est la plus triste histoire de marlins que je connaisse, pensa le vieux. Le gamin aussi ça l'avait secoué. On avait honte. Aussi, on s'est dépêché de l'ouvrir et de la découper, cette femelle. »

— Je voudrais que le gosse soit là, dit-il tout haut.

Il se cala contre les planches arrondies de l'avant. La ligne était tendue contre son épaule. Il sentait la force du grand poisson qui l'emportait invinciblement Dieu sait où, vers l'endroit qu'il avait choisi.

« Je l'ai pris en traître, pensa le vieux. C'est à cause de mes pièges qu'il a été obligé de choisir.

« Il avait choisi de rester dans les eaux profondes, dans le noir, loin des hameçons, loin des traîtres. Et puis voilà que moi j'ai choisi d'aller le chercher tout là-bas dans le fond, plus loin que tous les poissons du monde. Maintenant lui et moi on est uni. Depuis le milieu du jour on est accroché ensemble. Et personne peut nous aider, ni lui, ni moi.

« Peut-être que j'aurais mieux fait de ne pas devenir pêcheur, songea-t-il. Mais qu'est-ce que j'aurais bien pu faire d'autre ? Faut surtout pas que j'oublie de manger le petit thon dès qu'il fera jour ! »

A l'aube, quelque chose mordit à l'un des appâts qui se trouvaient derrière lui. La badine verte se rompit et la ligne commença à filer. Dans l'obscurité, le vieux tira son couteau de la gaine, et, faisant porter toute la pesée du poisson sur son épaule gauche, se pencha. Il coupa la ligne en danger contre le bois du plat-bord. Il sectionna aussi l'autre ligne, celle qui se trouvait le plus près de lui et, toujours dans l'obscurité, y rattacha les extrémités libres des filins de secours. Il travaillait très adroitement, d'une seule main. Tout en prenant soin de faire des nœuds solides, il maintenait les paquets de lignes avec son pied. Grâce à cette opération, il se trouva à la tête de six paquets de lignes de secours, à savoir quatre qui provenaient des deux lignes principales qu'il avait sacrifiées et deux de la ligne que son poisson avait prise ; ils étaient tous reliés ensemble.

« Quand il fera jour, pensa-t-il, je tâcherai d'aller jusqu'à la ligne de quarante toises ; je la couperai et j'ajouterai les lignes de secours aux autres. J'aurai tout de même perdu deux cents toises de bonne *cordel* catalane, sans compter les hameçons et les bases de lignes. Mais ça, ça peut se remplacer. Qu'est-ce qui remplacera mon grand poisson si je me mets dans le cas de ferrer une bête quelconque qui viendrait se mettre à la traverse ? Qu'est-ce que ça pouvait bien être, ce poisson qui a mordu tout à l'heure ? Un marlin ? Un *gros bec* ? Un requin ? Il a pas eu le temps de tirer. J'ai été obligé de m'en débarrasser trop vite. »

Il dit tout haut : « Je voudrais bien que le gosse soit là. »

« Mais voilà, il est pas là, pensa-t-il. Y a que ta vieille peau et tu ferais même bougrement bien d'arriver jusqu'à la dernière ligne, qu'il fasse noir ou pas, pour la couper et ajouter les deux lignes de secours aux autres. »

Et il réussit cela encore. C'était difficile, dans l'obscurité ; tandis qu'il y travaillait, le poisson fit une embardée qui précipita le vieux la tête la première : il se fendit la joue au-dessous de l'œil. Une rigole de sang descendit sur sa pommette, mais se coagula et sécha avant d'arriver jusqu'au menton. Le vieux retourna à l'avant et s'appuya contre le plat-bord. Il arrangea le sac du mieux qu'il put et, avec grand soin, déplaça la ligne de façon qu'elle coupât une autre partie de son échine ; ses épaules lui servant de cabestan, il arriva à évaluer avec exactitude la force du poisson ; il pouvait aussi laisser pendre sa main dans l'eau, ce qui lui donnait une idée de la vitesse de la barque.

« Je me demande pourquoi qu'il a fait ce bond-là ? pensa-t-il. Le fil métallique a dû glisser sur c'te montagne qui lui sert de dos. Pourtant son dos lui fait pas plus mal que le mien. Serait-y grand comme une maison, il peut tout de même pas tirer cette barque jusqu'à l'année prochaine. A présent je me suis débarrassé de tout ce qui pourrait me gêner, j'ai une bonne longueur de fil en réserve ; qu'est-ce qu'on peut demander de plus ? »

— Poisson, dit-il doucement à voix haute, poisson, je resterai avec toi jusqu'à ce que je sois mort.

« Lui aussi, il restera avec moi, probable », pensa-t-il. Il attendit que le jour parût. C'était l'aube. Il faisait froid. Le vieux se rencogna contre le bois pour avoir un peu de chaleur. « Je tiendrai bien aussi longtemps que lui », pensa-t-il. Au jour naissant il vit sa ligne qui s'allongeait obliquement vers le fond de l'eau. Le bateau voguait toujours. Le premier rayon de soleil accrocha l'épaule gauche du vieux.

— Il a mis le cap au nord, dit le vieux. Le courant nous aura poussés loin à l'est, pensa-t-il. Si seulement il pouvait faire un tête-à-queue dans le sens du courant ! Ça voudrait dire qu'il commence à se fatiguer.

Le soleil monta dans le ciel. Le poisson ne donnait aucun signe de fatigue. Une seule chose consolante : l'inclinaison de la ligne, qui indiquait que le poisson nageait à une moins grande profondeur. Cela ne signifiait pas nécessairement qu'il sauterait, mais le laissait prévoir.

— Mon Dieu, faites qu'il saute, dit le vieux. J'ai assez de ligne pour m'en arranger.

« Des fois que je tende un peu plus ? pensa-t-il. Juste assez pour lui faire du mal ? Ça le ferait peut-être sauter. Maintenant qu'il fait jour, mon Dieu, faites qu'il saute. Comme ça il remplira d'air les sacs qu'il a sous le dos au lieu de s'en aller crever au fond de la flotte. »

Il essaya d'augmenter la tension de la ligne ; mais celle-ci, depuis qu'il avait ferré le poisson, était tendue à se rompre ; quand il se pencha en arrière pour tirer, il éprouva une telle résistance qu'il comprit qu'il était impossible d'obtenir davantage. « Pas de secousse surtout, pensa-t-il. A chaque secousse, l'hameçon y arrache la gueule un peu plus, et il risque de l'envoyer promener au moment où il sautera. Tout de même, depuis qu'y a du soleil ça va mieux. Pour une fois, j'ai la veine de pas l'avoir dans l'œil. »

Des herbes jaunes s'étaient accrochées à la ligne, mais le vieux savait que c'était autant de poids supplémentaire que le poisson avait à remorquer, et il en était ravi. C'était cette herbe jaune du Gulf Stream qui avait produit tant de phosphorescence au cours de la nuit.

— Poisson, dit-il, je t'aime bien. Et je te respecte. Je te respecte beaucoup. Mais j'aurai ta peau avant la fin de la journée. Que je dis, pensa-t-il.

Un oiseau de petite taille, venant du nord, se dirigea vers la barque. C'était une sorte de fauvette qui volait très bas. Le vieux se rendit compte que la pauvrette était à bout de forces.

L'oiseau s'abattit à l'arrière de la barque. Après quelque repos il se mit à voleter autour de la tête du vieux, puis se posa sur la ligne où il se sentait plus à l'aise.

— Quel âge que t'as ? demanda le vieil homme à l'oiseau. C'est-y ta première traversée ?

Pendant qu'il parlait, l'oiseau le regardait. Il était si las, le petit oiseau, qu'il ne prit même pas la peine de tâter son perchoir ; au moment où ses pattes minces s'agrippèrent au fil, il tituba.

— C'est du solide, lui dit le vieux. Trop solide même, que je dirais. Tu devrais pas être fatigué comme ça après une nuit de rien du tout, sans vent. Alors, quoi ? Y a plus d'oiseaux ?

« Si, y a les éperviers, pensa-t-il. Les éperviers qui vont au large pour les attendre. » Mais il ne parla pas des éperviers à la fauvette. Celle-ci, de toute façon, ne l'aurait pas compris, et elle avait bien le temps d'entendre parler des éperviers.

— Repose-toi un bon coup, mon petit, dit-il. Et puis tâche de gagner la terre ; tu as ta chance. Tout le monde a sa chance : les hommes, les oiseaux, les poissons. Son dos était raide par suite du froid de la nuit. Il en souffrait terriblement, et cette petite conversation lui redonnait du cœur.

« Reste chez moi, si tu veux, p'tit oiseau, dit-il. Je voudrais bien pouvoir hisser la voile et te ramener à terre dans cette bonne brise qui se lève. Mais j'ai du monde. »

Comme il discourait de la sorte, le poisson fit une brusque embardée qui précipita le vieil homme à plat ventre sur l'appontement et l'aurait emporté par-dessus bord s'il ne s'était cramponné et n'avait donné un peu de ligne.

La secousse avait fait envoler l'oiseau. Le vieux ne l'avait même pas vu partir. Il palpa la ligne soigneusement, et s'aperçut que sa main droite était tout ensanglantée.

— Ça veut dire que quelque chose l'a blessée, dit-il. Il tira sur la ligne pour voir s'il ne pouvait pas faire tourner le poisson. Mais dès qu'il eut atteint l'extrême limite de la tension, il n'insista pas et s'arc-bouta pour résister à la violence de la propulsion.

— Tu commences à en avoir ta claque, poisson, dit-il. Et moi alors, bon sang, qu'est-ce que je dirais !

Du regard, il chercha l'oiseau. Il aimait bien sa société. Mais l'oiseau était parti.

« T'es pas resté bien longtemps, pensa l'homme. T'as eu tort, parce que, d'ici à la côte, c'est le plus dur. Comment que j'ai fait mon compte pour me laisser esquinter la main comme ça ? Parole, alors, je deviens idiot ! Ou alors, c'est que je regardais ce petit oiseau et que je pensais à lui. A partir de maintenant, je penserai plus qu'à mon travail et puis faudra que je mange le thon pour pas tomber en faiblesse. »

— Si seulement le gosse était là, et si seulement j'avais un peu de sel ! dit-il tout haut.

Il transféra le poids de la ligne sur son épaule gauche, et s'agenouilla avec mille précautions. Il se lava la main dans l'océan et la tint sous l'eau pendant une bonne minute. D'après le glissement de l'eau contre sa peau, le vieux supputa la vitesse de la barque. Sa main soulevait un petit sillage sanglant.

— Il va bougrement moins vite, dit-il.

Il aurait bien aimé laisser sa main tremper plus longtemps, mais il craignait que le poisson ne fît un nouveau soubresaut ; il se releva donc et, tout en s'efforçant de garder l'équilibre, tint sa main tournée vers le soleil. Ce n'était qu'une frottée de ligne qui avait arraché la chair. Toutefois l'entaille affectait la partie la plus utile de la main. Le vieux savait qu'il aurait largement besoin de ses deux mains jusqu'à ce que tout cela fût fini ; une main endommagée avant même d'avoir commencé, c'était embêtant.

— Allons, dit-il, quand la main fut sèche. Faut que je mange le petit thon. Je peux l'atteindre avec la gaffe, et le manger ici, tranquille.

Il se mit à genoux et s'aidant de la gaffe atteignit le thon sous la poupe. Il l'amena jusqu'à lui, en prenant bien soin de ne pas bousculer les paquets de lignes ; faisant passer de nouveau la ligne sur son épaule gauche, s'appuyant sur son bras et sa main libres, il dégagea le thon du crochet et rangea la gaffe dans son coin. Ensuite il posa un genou sur l'animal et se mit en devoir de le découper de la tête à la queue, dans le sens de la longueur.

Ces tranches de chair rouge sombre, qu'il levait, avaient une forme de fuseau ; elles allaient de l'arête dorsale jusqu'au bord du ventre. Le vieux en découpa de la sorte six, qu'il étala sur le plat-bord de l'avant ; il essuya ensuite son couteau sur son pantalon puis soulevant l'arête du *bonito* par la queue, il la jeta à la mer.

— Je pourrai jamais en manger une entière, dit-il en plantant son couteau dans l'une des tranches.

Le grand poisson tirait sans faiblir sur la ligne et le vieux avait des crampes dans la main gauche. Il considéra cette main crispée sur la corde épaisse d'un air dégoûté.

— Je te fais mes compliments, dit-il à la main. Offre-toi des crampes, vas-y ! Non mais regardez-moi ça : on dirait-y pas une patte de crabe ?

« Allez, mon vieux, ajouta-t-il en regardant l'eau sombre pour voir comment la ligne s'y enfonçait, faut le manger ce thon-là, ça te décrispera la main. C'est pas sa faute, à la main ; et ça fait un bout de temps que le poisson me trimbale. Il peut me trimbaler comme ça indéfiniment. Mange ton *bonito* et grouille-toi. »

Il piqua un morceau de thon, le porta à la bouche et le mastiqua lentement. Ce n'était pas mauvais.

« Mâche bien, pensait-il ; tires-en tout le jus. C'est certain qu'avec un peu de sel et de citron, ça aurait meilleur goût.

— Et comment que ça va-t-y, toi, la main ? demanda-t-il à la main douloureuse qui était presque aussi raide que celle d'un mort. J'en mangerai un peu plus, exprès pour toi, de ce *bonito*.

Il mangea l'autre moitié du morceau. Il mastiqua consciencieusement, puis cracha la peau.

— Comment que tu vas, la main ? Ou alors, c'est-y encore trop tôt pour savoir ?

Il prit une autre tranche.

« Le *bonito*, c'est un poisson solide, et qu'a du sang, pensa-t-il. J'ai eu de la veine d'attraper ça au lieu d'une dorade. La dorade, c'est trop sucré. Celui-là, il est à peine sucré. Il a beau être mort, on dirait qu'il a gardé toute sa force.

« Y a qu'une chose qui compte, par le fait, c'est que je mange, pensa-t-il. Si seulement j'avais un peu de sel. Et le soleil ? Ça va-t-y sécher ou pourrir les morceaux qui restent ? On ne sait jamais. J'ai plus faim mais je ferais mieux de tout manger. La bête, là, en bas, pour le moment elle dit rien. Je vais tout manger. Comme ça je serai paré. »

— Courage, main, dit-il, c'est pour toi que je mange.

« J'aimerais bien lui donner à manger, au poisson, pensa-t-il. A mon frère le poisson. Mais faut que je le tue et que je garde mes forces pour ça. » Lentement et consciencieusement il mangea toutes les tranches en forme de fuseau.

Il se redressa et s'essuya les mains à son pantalon.

— A présent, dit-il, tu peux lâcher la corde, main. Je vas me débrouiller avec la grosse bête rien que de la main droite, jusqu'à ce que t'aies fini de faire l'imbécile. Il posa son pied sur la lourde ligne qu'avait tenue la main gauche et fit levier de tout son corps pour alléger le poids qui lui sciait le dos.

« Mon Dieu, faites que c'te crampe foute le camp, dit-il. Vous comprenez, je ne sais pas ce qu'il va faire, ce grand poisson-là, maintenant. Pourtant il a l'air tranquille, pensa-t-il ; il suit sa petite idée. Mais qu'est-ce que c'est, son idée ? Et mon idée, à moi, qu'est-ce que c'est ? C'est d'inventer quelque chose d'après son idée à lui, parce que c'est lui qui commande, grand comme il est. Si il se décide à sauter, j'ai une chance de l'estourbir. Mais voilà, il ne veut pas quitter le fond. Alors faut que je reste avec lui dans le fond. »

Il frotta sa main crispée contre le pantalon et tenta de remuer les doigts. Mais la main resta fermée. « Peut-être qu'elle s'ouvrira au soleil, pensa-t-il. Peut-être qu'elle s'ouvrira quand j'aurai digéré le p'tit *bonito* tout cru. Bah ! si jamais j'en ai besoin, je saurai bien l'ouvrir quand même. Mais tout de suite, faut pas l'ouvrir de force. Elle s'ouvrira toute seule ; elle se remettra en marche quand elle voudra. Elle en a vu de rudes, malgré tout, cette nuit, quand il a fallu détortiller toutes ces lignes et puis les nouer. »

Il embrassa la mer d'un regard et se rendit compte de l'infinie solitude où il se trouvait. Toutefois il continuait à apercevoir des prismes dans les profondeurs ténébreuses. La ligne s'étirait à la proue ; d'étranges ondulations parcouraient l'eau

61

calme. Les nuages se portaient à la rencontre des alizés. En avant de la barque, un vol de canards sauvages se découpait contre le ciel ; il disparut, puis reparut, et le vieux sut que nul n'est jamais complètement seul en mer.

Il se souvint de l'angoisse qui s'empare dans leur petite barque de certains pêcheurs, à l'idée de perdre la terre de vue. Ils n'avaient pas tort, car il y a des saisons où le gros temps fond sur vous sans crier gare. Mais on avait passé ces saisons-là. On était à présent dans la saison des ouragans : quand il n'y a pas d'ouragan en train, c'est le plus beau temps de l'année.

Un ouragan, cela se flaire de loin. Si l'on est en mer, on peut en observer les signes dans le ciel plusieurs jours à l'avance. « Les gens de la terre ne comprennent rien au ciel, pensait le vieux ; ils le regardent pas comme il faut. Sans compter que les nuages ça n'a pas la même forme vus de la terre ferme. En tout cas, y a pas d'ouragan en route pour le quart d'heure. »

Il considéra le firmament, où de blancs cumulus, pareils à de savoureux et gigantesques gâteaux à la crème, s'étageaient. Plus haut, les fines plumes des cirrus caressaient le ciel de septembre.

— Légère *brisa*, dit-il. Ce temps-là est meilleur pour moi que pour toi, poisson.

Sa main gauche était toujours nouée, mais il gagnait peu à peu sur l'engourdissement.

« Bon sang, j'aime pas les crampes ! pensa-t-il. C'est un sale tour qu'elle vous joue, là, votre carcasse. Bien entendu, quand on se flanque une indigestion, c'est embêtant d'avoir la diarrhée devant les camarades, ou de vomir ; mais alors, là, une crampe... » Pour lui une crampe était une espèce de *calambre*. C'est encore plus humiliant quand personne ne vous voit.

« Si le gosse était là, il pourrait me frictionner la main, il me plierait le poignet, pensait-il. Bah ! ça finira bien par se remettre en place. »

Tout à coup, avant même de voir l'inclinaison de la corde se modifier, il sentit quelque chose de nouveau dans la tension de la ligne. Pesant de toutes ses forces sur le fil, le vieux se donnait de la main gauche de grands coups contre la cuisse. La ligne, lentement, arrivait.

— Le voilà qui monte, dit-il. Allez, main, allez, cré nom !

Lentement, régulièrement la ligne montait ; soudain l'océan se souleva en avant de la barque et le poisson apparut. Il n'en finissait pas de sortir ; l'eau ruisselait le long de ses flancs ; il étincelait dans la lumière ; sa tête et son dos étaient violet foncé ; le soleil éclairait en plein ses larges rayures lilas. Il avait un nez très long, aussi long qu'une batte de base-ball, et pointu comme une épée. Le poisson émergea tout entier, puis, avec l'aisance d'un bon nageur, replongea. Le vieux eut le temps d'apercevoir la grande queue en forme de faux qui s'enfonçait, tandis que la ligne recommençait à galoper.

— Il a deux pieds de plus que la barque, dit le vieux. Le ligne filait à toute vitesse mais sans heurt ; le poisson ne s'affolait pas. Avec ses deux mains, le vieux s'efforçait de maintenir le fil juste à la limite du point de rupture. Il fallait tenir le poisson serré pour le contraindre à ralentir. A la moindre défaillance il risquait d'emporter toute la ligne et de la casser.

« C'est un gros ! C'est un tout gros, pensait-il. Faut que je l'aie à la persuasion. Faut surtout pas qu'il ait idée de sa force ni de ce qu'il pourrait faire en se mettant à cavaler. Moi, si j'étais que de lui, j'en foutrais un grand coup tout de suite et je tirerais jusqu'à tant que ça pète. Dieu merci, ces bêtes-là, c'est pas aussi intelligent que les humains qui les tuent. Ça les empêche pas d'être meilleures que les humains, et plus malignes dans un sens. »

Le vieux avait rencontré des quantités d'espadons dans sa vie. Certains pesaient jusqu'à cinq cents kilos. Lui-même au cours de sa carrière en avait pêché deux de ce poids ; toutefois il n'était pas seul. Aujourd'hui, il est tout seul, il a perdu la terre de vue, et le voilà accroché à la plus grosse pièce qu'il ait jamais trouvée. Jamais il n'a même entendu parler d'une pièce comme cela. Et sa main gauche est aussi recroquevillée que les serres d'un aigle sur un lapin !

« Patience, elle finira bien par s'ouvrir, pensait-il. Sûrement qu'elle va s'ouvrir pour aider ma main droite. Y a trois choses qui vont ensemble : le poisson et mes deux mains. Faut que cette crampe finisse. C'est pas honnête pour une main d'avoir une crampe pareille. » L'espadon avait ralenti encore une fois ; il était revenu à sa vitesse initiale.

« Je me demande pourquoi qu'il a sauté, pensa le vieux. On dirait qu'il a sauté rien que pour montrer qu'il est grand. Bon. Je le sais, maintenant, qu'il est grand. J'aimerais bien lui montrer, à mon tour, quelle espèce de bonhomme que je suis, moi. D'un autre côté, vaut mieux qu'il ne voie pas la main avec la crampe. Faut le laisser croire que je suis plus costaud que j'en ai l'air, c'est le bon truc pour l'être vraiment. Je voudrais que ça soit moi le poisson, pensa-t-il. C'est lui qu'a tous les avantages. Moi, j'ai que ma volonté et ma cervelle. »

Il se cala contre le bois du mieux qu'il put et prit son mal en patience. Le poisson allait toujours, le bateau se déplaçait lentement sur l'eau sombre. Une légère houle se dessinait sous le vent qui s'élevait à l'est. A midi la main gauche du vieil homme s'ouvrit.

— Y a du mauvais pour toi, poisson, dit-il en posant la ligne sur le sac qui couvrait ses épaules.

Il était installé assez commodément ; mais il avait mal, ce qu'il se refusait à admettre.

— Je ne suis pas très fort pour ce qui est de la religion, dit-il, mais je dirais bien dix *Notre Père* et dix *Je vous salue Marie* pour attraper ce poisson-là. Si je l'attrape je fais vœu d'aller en pèlerinage à la Vierge de Cobre. C'est dit.

Il se mit à défiler mécaniquement ses prières. Par moments, la fatigue envahissait sa mémoire, ce qui l'obligeait à réciter très vite afin que la prière vînt automatiquement.

« Les *Je vous salue Marie* sont plus faciles que les *Notre Père* », pensa-t-il.

« Je vous salue Marie, pleine de grâce, le Seigneur est avec vous. Vous êtes bénie entre toutes les femmes et Jésus, le fruit de vos entrailles, est béni. Sainte Marie, Mère de Dieu, priez pour nous, pauvres pécheurs, maintenant et à l'heure de notre mort. Ainsi soit-il. » Puis il ajouta : « Vierge bénie, priez pour la mort de ce poisson, quoique ça soit un poisson extraordinaire. »

Ses prières dites, il se sentit beaucoup mieux ! Cependant ses souffrances étaient exactement les mêmes, peut-être un peu plus cruelles qu'avant. Il s'appuya contre le plat-bord et fit jouer machinalement les doigts de sa main gauche. Malgré la brise qui soufflait agréablement, le soleil était très chaud.

— Je ferais bien de réappâter cette petite ligne qui est là-bas à l'arrière, dit-il. Si le poisson a envie de se promener toute la nuit, faudra tout de même que je mange. Sans compter qu'il ne reste pas beaucoup d'eau dans la bouteille. Ça m'étonnerait que j'attrape autre chose qu'une dorade, par ici. Mais si je la mange bien fraîche, ça sera pas trop mauvais. Si seulement un poisson volant pouvait me tomber dans les pattes ce soir ! Mais j'ai pas de lumière pour les attirer. Cru, le poisson volant, c'est épatant, et j'aurais pas besoin de le couper. A présent, faut pas que je gaspille ma force. Jésus ! J'aurais jamais pensé que ce poisson-là était si gros ! Ça m'empêchera pas de le tuer, dit-il ; tout superbe et formidable qu'il soit.

« Faut bien dire que c'est pas juste, pensa-t-il. Mais je lui ferai voir tout ce qu'un homme peut faire, et tout ce qu'un homme peut supporter. »

— J'ai dit au gamin que j'étais un drôle de bonhomme, dit-il. C'est le moment ou jamais de le prouver.

Qu'il l'eût déjà prouvé mille fois, cela ne signifiait rien. Il fallait le prouver encore. Chaque aventure était nouvelle. Dans l'action le vieux ne pensait jamais au passé.

« Je voudrais bien qu'il dorme : je pourrais dormir aussi et rêver de lions, pensa-t-il. Pourquoi c'est-y les lions que je me rappelle surtout ? Te pose pas de questions, mon ami, se dit-il à lui-même. Repose-toi gentiment contre le plat-bord et pense à rien. Il travaille, lui. Toi, travaille le moins possible. »

L'après-midi était déjà bien entamé. Le bateau continuait à voguer calmement, régulièrement. Maintenant la brise de l'est ajoutait sa poussée au mouvement du bateau ; le vieux était porté doucement par la houle et la douleur que creusait la corde sur son dos suivait le rythme de cette longue et molle ondulation.

La ligne remonta encore une fois au cours de l'après-midi, mais sans résultat ; le poisson nageait simplement à une profondeur moindre. Le vieux avait le soleil sur l'épaule, le bras gauche et le dos. D'où il conclut que l'espadon faisait route vers le nord-est.

Depuis qu'il l'avait vu, il se le représentait avançant dans l'eau profonde, ses nageoires rouge sombre largement déployées comme des ailes, sa grande queue verticale coupant les ténèbres. « Je me demande s'il voit quelque chose à cette profondeur-là, pensa le vieux. C'est vrai qu'il a un œil énorme, et qu'un cheval, avec un œil bien moins grand, voit dans le noir. Moi aussi, je voyais très bien dans le noir, autrefois. Pas dans le noir-noir, bien sûr. Mais presque aussi bien qu'un chat. »

L'action du soleil, jointe à l'exercice qu'il n'avait cessé de donner à ses doigts, avait complètement détendu sa main gauche ; cela lui permit de confier à cette main davantage de travail. Il faisait jouer les muscles de son dos pour déplacer un peu l'appui meurtrier de la corde.

— Si t'es pas fatigué, poisson, dit-il tout haut, c'est que t'es un drôle de client.

Lui-même commençait à se sentir épuisé. Il savait que la nuit allait tomber bientôt et il essayait de penser à autre chose. Il pensait aux grandes associations de base-ball, qu'il appelait naturellement les *Gran Ligas* ; il pensait au match qui avait mis aux prises les Yankees de New York et les *Tigres* de Detroit.

« Deux jours que ça dure, pensa-t-il. Je connais pas les résultats des *juegos*. Mais faut avoir confiance. Je serai à la hauteur du grand Di Maggio qui sait tout faire épatamment, malgré son talent qui lui fait tellement mal avec son « bec de bécasse ». Qu'est-ce que c'est, au juste, un bec de bécasse ? se demanda-t-il. *Un espuela de hueso*. Nous autres pêcheurs, on n'a pas des choses pareilles. Ça ferait-y des fois aussi mal qu'un ergot de coq de combat qui vous serait entré dans le talon ? Moi, je pourrais jamais supporter ça. Si on me crevait un œil, ou les deux yeux, je pourrais pas continuer à me battre, comme les coqs de combat. L'homme, c'est pas grand-chose à côté des grands oiseaux et des bêtes. Et pourtant, ce que j'aimerais le mieux être, moi, c'est encore cette bête qui tire, là, en ce moment, dans le fond de c't'eau noire.

— Sauf si les requins s'amènent, ajouta-t-il tout haut. Si les requins s'amènent, que Dieu ait pitié de lui. Et de moi !

« Le grand Di Maggio, savoir si il se cramponnerait à un poisson aussi longtemps que moi ? pensa-t-il. Y a pas d'erreur. Plus longtemps même, il se cramponnerait, vu qu'il est jeune et costaud. Faut pas oublier non plus que son père il était pêcheur. Mais son talon ? Ça le ferait-y pas trop souffrir ? »

— Je ne sais pas, dit-il tout haut. J'ai jamais eu de bec de bécasse, moi.

Quand le soleil se coucha, il évoqua, afin de se redonner du courage, le jour où, dans une taverne de Casablanca, il avait joué à la « main de fer » avec un grand Nègre originaire de Cienfuegos, et qui était le type le plus fort des docks. Ils étaient restés toute la journée et toute la nuit les coudes plantés sur une marque à la craie tracée sur la table, les avant-bras dressés, leurs deux mains imbriquées l'une dans l'autre. Chacun d'eux devait faire plier le bras de l'autre et aplatir sa main sur la table. Tout le monde pariait à qui mieux mieux ; les allées et venues ne cessaient pas, à la lumière des lampes à pétrole ; il regardait tantôt le bras et la main du Nègre, tantôt son visage. Au bout de huit heures, on décida de relever les arbitres toutes les quatre heures afin qu'ils pussent dormir. Le sang perlait sous ses ongles ; il perlait de même sous les ongles du Nègre ; ils regardaient dans le blanc des yeux ; ils se regardaient aussi leurs mains et leurs bras ; les parieurs ne cessaient d'entrer et de sortir, s'asseyaient sur les hauts tabourets placés le long des murs et contemplaient les deux hommes. Sur les cloisons en bois de la salle, qui étaient d'un bleu vif, les lampes dessinaient des ombres. L'ombre du Nègre était immense ; elle se déplaçait quand la bise balançait les lampes.

Toute la nuit, les chances se partagèrent. Lequel des deux l'emporterait ? On faisait boire du rhum au Nègre ; on lui mettait des cigarettes tout allumées dans le bec. Après chaque coup de rhum, le Nègre amorçait une poussée formidable. Une fois il réussit à faire reculer le vieux — qui n'était pas le vieux en ce temps-là, mais bien Santiago *El Campeon* — de cinq centimètres au moins. Mais le vieux ramena sa main exactement à la même heuteur. A cet instant il avait eu la certitude qu'il battrait le Nègre ; et pourtant c'était un beau gars et un grand sportif. Au petit jour, les parieurs insistaient pour qu'on déclarât match nul, l'arbitre incertain hochait la tête, mais le vieux banda soudain toutes ses forces. Plus bas, toujours plus bas, il força la main du Nègre à descendre vers la table, jusqu'à ce qu'elle touchât le bois. Le duel avait commencé un dimanche matin. C'est le lundi matin qu'il se termina. La plupart des parieurs voulaient qu'on déclarât match nul. Ils avaient leur travail aux docks, n'est-ce pas : charger des sacs de sucre, ou aux « charbonnages de La Havane ». Sans cela, bien sûr, ils auraient tous préféré voir la fin de l'épreuve. Quoi qu'il en soit, lui, il avait emporté la décision. Et avant que quiconque ait dû retourner au boulot.

Longtemps après ce haut fait, on l'appelait encore « Le Champion ».

Au printemps, il y eut la revanche. Toutefois les paris étaient mous. Le vieux n'eut pas à se donner beaucoup de mal pour gagner. Sa première victoire avait brisé le moral du Nègre de Cienfuegos. Par la suite il lui arriva de disputer quelques épreuves, puis il s'arrêta tout à fait. Il décréta qu'il était capable de battre n'importe qui, pour peu qu'il le désirât vraiment ; à la longue ce genre de lutte risquait de lui gâter la main droite, de la rendre impropre à la pêche. Il avait bien essayé d'entraîner sa main gauche ; mais celle-ci s'était toujours conduite traîtreusement : elle ne voulait jamais exécuter ses ordres. Impossible de se fier à une main gauche.

« Le soleil va me la cuire un bon coup maintenant, pensa-t-il. Ça devrait suffire pour qu'elle ne me repique pas de crampe, à moins qu'elle n'ait trop froid pendant la nuit. Je me demande ce qui va se passer cette nuit. »

Un avion qui se dirigeait vers Miami traversa le ciel. Son ombre sema la panique parmi les bancs de poissons volants.

— Avec autant de poissons volants que ça, il devrait y avoir de la dorade, dit-il. Il tira sur la ligne pour voir s'il n'y avait pas moyen de gagner un peu de longueur sur l'espadon. Rien à faire. Il s'arrêta quand la dureté et les vibrations l'avertirent que la ligne était au point de rompre. La barque avançait lentement ; il suivit des yeux l'avion jusqu'à ce qu'il le perdît de vue.

« Ça doit faire un drôle d'effet d'aller en avion, pensa-t-il. A quoi ça ressemble-t-y, la mer, vue de là-haut ? On doit voir le poisson à travers l'eau

quand on ne vole pas à des altitudes. Ce que j'aimerais, moi, c'est de voler très lentement à deux cents
toises de hauteur, et regarder le poisson par en dessus. Dans les bateaux à tortues, je me perchais dans
les vergues et rien que de là je voyais déjà très bien.
Les dorades ont l'air plus vertes, de haut ; et on
peut voir aussi le banc tout entier en train de nager.
Comment ça se fait-y que dans le courant qu'est
noir, tous les poissons rapides ont des dos rouges ?
Et pourquoi qu'ils ont presque toujours des rayures
ou des taches ? Si les dorades ont l'air vertes, c'est
parce qu'elles sont jaunes, bien sûr. Mais quand
elles cherchent leur nourriture et qu'elles ont vraiment faim, elles ont sur les côtés des rayures rouges
comme les marlins. Qu'est-ce que c'est qui les fait
sortir, ces rayures ? la colère ou bien la vitesse ? »

Peu avant la tombée de la nuit, alors qu'ils pas-
saient à proximité d'un grand îlot d'herbe des Sargasses qui se soulevait et ondulait dans la houle
comme si la mer faisait l'amour sous une couverture jaune, une dorade mordit à la petite ligne de
l'arrière. Le vieux l'aperçut quand elle sauta. Elle se
tordait, elle donnait de furieux coups de queue.
C'était un vrai lingot d'or dans le soleil rasant.

L'excès de sa peur multipliait ses acrobaties. Le
vieux, accroupi, se porta comme il put jusqu'à l'arrière. De la main droite il retenait la grande ligne :
de la gauche il ramena la dorade. Chaque fois qu'il
gagnait un morceau de ligne, il plaquait dessus son
pied nu. Affolé, plongeant et virevoltant sans cesse,
le poisson d'or bruni tacheté de rouge toucha enfin
la barque. Le vieux se pencha par-dessus bord et le
fit basculer par-dessus la poupe.

La dorade ouvrait et refermait la bouche convulsivement sur l'hameçon. Son long corps plat battait furieusement le plancher de la barque. Le vieux appliqua un coup de masse en travers de sa brillante tête dorée et, après un long frémissement, elle retomba inerte.

Le vieux décrocha l'hameçon, réappâta avec une autre sardine et lança la ligne. Puis il revint lentement vers l'avant. Il lava sa main gauche et l'essuya sur son pantalon, après quoi il fit passer la lourde ligne dans sa main gauche et lava sa main droite dans la mer. Il regardait le soleil pénétrer dans l'océan, et l'inclinaison de la grande ligne.

— Il a pas changé, dit-il. Cependant, au mouvement de l'eau contre sa main, il constata que l'allure s'était nettement ralentie.

— J'ai envie d'attacher les deux avirons ensemble en travers de l'avant ; ça le ralentira pendant la nuit, dit-il. Parce qu'on est bon pour passer la nuit, lui et moi.

« Je ferais mieux de pas vider la dorade tout de suite pour que le sang reste dans la viande, pensa-t-il. Je la viderai un peu plus tard, quand j'attacherai les avirons pour faire frein. C'est pas la peine d'embêter mon poisson maintenant. Le soleil se couche. Quand le soleil se couche, les poissons s'énervent. C'est connu. »

Il sécha sa main dans le vent, puis la posa de nouveau sur la ligne et, se laissant aller en avant, se cala du mieux qu'il put contre le plat-bord. Le bateau, de la sorte, prenait sa bonne part du poids de la ligne tendue.

« Je commence à connaître la musique, pensa-t-il. Ce morceau-là en tout cas. Faut pas oublier non plus qu'il a rien mangé depuis qu'il a pris l'hameçon, qu'il est énorme et qu'il a besoin de beaucoup de nourriture. Moi j'ai mangé le *bonito* tout entier. Demain je mangerai la dorade. (Il l'appelait *dorado*.) Peut-être que je devrais en manger un bout quand je la viderai. Ça sera plus difficile à manger que le *bonito*. Mais rien n'est facile, à présent. »

— Comment que ça va là-dessous, poisson ? demanda-t-il tout haut. Moi, ça va pas mal : ma main gauche est bien mieux, j'ai des provisions pour la nuit et la journée de demain, vas-y, tire le bateau, mon gars !

En réalité, il n'est pas si à son aise que ça. La corde, en labourant son dos, lui causait une douleur qui avait presque dépassé les limites de la conscience, et s'était pour ainsi dire émoussée d'une façon assez inquiétante. « Bah ! j'en ai vu d'autres, pensa-t-il. Ma main droite, elle n'a qu'une petite coupure, et l'autre main, y a plus de crampe. Les jambes, y a rien à dire. Et puis, question nourriture, je suis mieux partagé que lui ! »

Il faisait nuit ; en septembre la nuit vient tout de suite après le coucher du soleil. Le vieux s'appuya contre le bois usé du plat-bord et se reposa un bon coup. Les premières étoiles se montraient. Il ne connaissait pas le nom de Rigel, mais il la voyait, et savait que bientôt toutes ses amies lointaines parsèmeraient le ciel.

— Le poisson aussi est mon ami, dit-il tout haut. J'ai jamais vu un poisson pareil ; j'ai jamais entendu parler d'un poisson comme ça. Pourtant faut que je le tue. Heureusement qu'on n'est pas obligé de tuer les étoiles !

« Une supposition que tous les jours un homme devrait essayer de tuer la lune ? pensa-t-il. Bon, la lune se débine. Mais une supposition que tous les jours un homme devrait essayer de tuer le soleil ? On a encore de la veine d'être comme on est », pensa-t-il.

Il se sentit alors tout triste à l'idée que son grand poisson n'avait rien à manger ; sa volonté de le tuer ne s'en trouva d'ailleurs pas diminuée le moins du monde. « Combien de gens pourront se nourrir dessus ? se demanda-t-il. Mais est-ce que les gens méritent de le manger ? Non, bien sûr. Y a personne qui mérite de le manger, digne et courageux comme il est, ce poisson-là.

« Je comprends pas bien tout ça, pensa-t-il. Mais c'est encore heureux qu'on ne soit pas obligé de faire la chasse au soleil, à la lune ou aux étoiles. On a assez de mal comme ça, à vivre sur la mer, et à tuer nos frères les poissons.

« Minute, pensa-t-il, faut que je réfléchisse un peu à ce freinage par les avirons. Ça a ses inconvénients, mais ça a aussi ses avantages. Quand les avirons seront en place, le bateau perdra toute sa légèreté. A ce moment-là si le poisson tente le coup, moi je risque de lâcher tellement de ligne qu'il est foutu de se sauver. Plus le bateau est léger, bien sûr, et plus on souffrira longtemps tous les deux, mais grâce à ça, au moins, je suis tranquille : ce poisson-là il n'a pas encore donné toute sa vitesse, et il peut aller bougrement vite, si il veut. En tout cas, faut que je vide la dorade, autrement elle va se gâter, et faut que j'en mange un peu pour rester costaud.

« Bon ; maintenant je vais me reposer une heure. Ensuite, on verra si le poisson est toujours fidèle au poste, si il est bien tranquille.

« Alors ni une ni deux, je vais à l'arrière et au boulot ! je risque le tout. D'ici là, je verrai bien ce qu'il fabrique, si il manigance quelque chose.

« Les avirons, c'est une riche idée ; mais on arrive maintenant à un moment où faut ouvrir l'œil. Il est encore aussi poisson qu'il peut l'être. Je l'ai bien vu : il a l'hameçon dans le coin de la bouche, et il garde la bouche fermée. C'est encore rien le mal que lui fait l'hameçon. Mais la faim, et puis de se débattre comme ça contre quelque chose qu'il ne comprend pas, c'est ça son vrai malheur. Repose-toi pour le moment, mon bonhomme, et laisse le poisson travailler jusqu'à ce que ça soit ton tour. »

Il se reposa pendant deux heures — ou ce qui lui sembla deux heures. Comme la lune se levait tard, il n'avait aucun moyen d'évaluer le temps. D'ailleurs son repos était une chose très relative. Ses épaules supportaient toujours le poids de la ligne ; mais il avait placé sa main gauche sur le plat-bord de l'avant et il confiait de plus en plus à la barque même l'effort de résister au poisson.

« Ça serait plus simple, bien sûr, si je pouvais attacher la ligne à quelque chose, pensa-t-il. Oui, mais voilà : suffirait d'un petit coup sec pour tout casser. Faut que j'amortisse la ligne avec mon dos ; faut que je sois à même à chaque instant de donner du fil avec les deux mains. »

— Mais, mon ami, sais-tu bien que tu n'as pas dormi du tout ? dit-il tout haut. Ça fait un demi-jour, une nuit et puis encore un jour que ça dure et t'as pas fermé l'œil. Si il continue à tirer tranquillement comme ça, faut t'arranger pour roupiller un petit peu. A force de pas dormir, on risque de ne plus avoir la tête assez claire.

« J'ai la tête tout de ce qu'il y a de claire, pensa-t-il. Trop claire même. Claire comme les étoiles qui sont mes p'tites sœurs. Mais faut tout de même que je dorme. Les étoiles ça dort ; la lune aussi ; et le soleil, alors ? Même l'océan quelquefois il dort, les jours où y a pas de courant et où c'est le calme plat.

« Rappelle-toi qu'il faut que tu dormes, pensa-t-il. Force-toi à dormir, et trouve un truc quelconque pour pas avoir de surprise avec les lignes. Pour l'instant, va à l'arrière fileter ta dorade. Avec ce besoin de dormir que t'as, ça ne serait pas prudent d'installer les rames.

« Je pourrais bien me passer de dormir, se dit-il. Mais vraiment, ça serait trop dangereux. »

Se traînant sur les mains et les genoux, attentif à ne pas donner de secousse à la ligne, il se fraya un chemin jusqu'à la poupe. « Peut-être bien qu'il est à moitié endormi lui aussi ? songea-t-il. Mais ça fait pas mon affaire. Faut qu'il tire. Qu'il tire ! Jusqu'à ce qu'il en crève. »

Arrivé à destination, il prit la ligne dans sa main gauche. Avec la droite, il tira son couteau de la gaine. Les étoiles donnaient toute leur clarté ; le vieux voyait très nettement la dorade. Il planta la lame dans sa tête et l'attira vers lui. La maintenant avec son pied, il la fendit d'un coup sec, de la base du ventre à la pointe de la mâchoire inférieure. Il posa ensuite son couteau et, toujours de sa seule main droite, la vida, tripes et ouïes. La panse était lourde et glissante au toucher ; il l'ouvrit : elle contenait deux poissons volants. Ils étaient frais et fermes. Il les posa l'un à côté de l'autre et lança les déchets de la dorade par-dessus bord. Cela s'enfonça en traçant un sillon phosphorescent dans l'eau. La dorade était froide ; étalée là, sous les étoiles, elle paraissait blême et lépreuse ; la retenant avec son pied, le vieux lui arracha la peau sur toute une face, après quoi il la retourna et dépeça l'autre face ; enfin il détacha les filets de la tête à la queue.

En jetant l'arête par-dessus bord, il regarda s'il apercevait quelque remous. Mais il ne vit rien, qu'une lente descente lumineuse.

Il se retourna, enveloppa les poissons volants dans les deux morceaux de la dorade, mit le couteau dans sa gaine, et, lentement, remonta jusqu'à l'avant. La ligne, tendue sur ses épaules, courbait son dos ; il portait son paquet de poisson dans la main droite.

Après avoir étalé les morceaux de dorade et les poissons volants sur le petit appontement de la proue, il changea la position de la ligne sur son dos. C'était de nouveau sa main gauche qui, prenant appui sur le rebord, retenait le fil. Il se pencha, afin de laver les poissons volants dans la mer et tenta d'évaluer, contre sa main, la vitesse de l'eau. La peau de la dorade qu'il avait écorchée avait laissé une phosphorescence sur cette main ; il s'amusait à voir les vaguelettes se briser contre elle.

La mer était plus calme. Quand il frottait sa paume sur le flanc de la barque, des particules phosphoreuses s'en détachaient et flottaient lentement dans son sillage.

— Ou il se fatigue, ou il se repose, dit le vieux. Bon, ben tout ce que j'ai à faire, c'est de m'envoyer cette dorade, de me reposer aussi et de roupiller un brin.

Sous les étoiles, dans la nuit qui fraîchissait de plus en plus, il mangea la moitié d'un filet de dorade, plus un poisson volant au préalable étêté et vidé.

— C'est drôle ce que la dorade ça peut être bon quand c'est cuit, dit-il, et ce que ça peut être mauvais quand c'est cru. Je ne remettrai jamais les pieds dans un bateau sans emporter du sel et des citrons.

« Si j'étais pas une vieille bête, pensa-t-il, j'aurais arrosé le plat-bord avec de l'eau de mer. En séchant, ça aurait fait du sel.

« Faut dire que je n'ai attrapé la dorade qu'après le coucher du soleil. Mais de toute façon, je pense à rien. Enfin ! en mâchant bien comme j'ai fait, ça m'a pas fichu mal au cœur. »

Les nuages, s'accumulant à l'est, masquaient l'une après l'autre toutes les étoiles que le vieux connaissait. On eût dit qu'il entrait dans un grand canyon de nuages ; le vent était tombé.

— C'est du mauvais temps qui se prépare pour dans trois ou quatre jours, dit-il. Mais c'est pas pour cette nuit. Ni pour demain. C'est le moment ou jamais de dormir, mon ami, pendant que le poisson continue son petit bonhomme de chemin.

Il remonta sa cuisse sous sa main droite qui soutenait la ligne, et se laissa aller contre l'appontement de l'avant ; puis il fit descendre la corde sur ses épaules et la cala sous sa main gauche.

« Tant qu'elle sera appuyée, ma main droite tiendra le coup, pensa-t-il. Si elle mollit pendant que je dors, ma main gauche me réveillera au moment où la ligne fichera le camp. Ça sera dur pour c'te pauvre main droite. Bah ! elle en a déjà vu de rudes. Même que je dormirais que vingt minutes ou une demi-heure, ça serait toujours ça de pris. » Il se pencha en avant pour résister de tout son corps au poids de la ligne. Sa force entièrement concentrée dans sa main, il s'endormit.

Il ne rêva pas de lions, mais d'un énorme banc de marsouins qui s'étendait sur une dizaine de milles.

C'était la saison des amours ; ils sautaient à des hauteurs prodigieuses et retombaient dans l'entonnoir même qu'ils avaient creusé en jaillissant de l'eau.

Plus tard, il rêva qu'il était au village. Il était couché dans son lit ; le vent du nord le faisait grelotter et son bras droit était engourdi parce qu'il avait posé sa tête dessus comme sur un oreiller.

Enfin, la grande plage de sable jaune apparut. Le vieux aperçut le premier lion : il descendait vers la mer, dans le crépuscule ; les autres lions ne tardèrent pas. Le menton appuyé sur le rebord de l'avant, il les contemplait. Son navire se balançait sur ses ancres. La brise vespérale soufflait de la côte. Viendrait-il encore d'autres lions ? Le vieux se sentait heureux.

La lune était levée depuis longtemps, mais il dormait toujours et le poisson continuait à tirer du même élan régulier, entraînant le bateau dans un tunnel de nuages.

Un coup de poing en pleine figure le réveilla. La ligne lui arrachait la peau de la main droite. Sa main gauche était insensible. De toute la force de sa main droite, il freina la fuite du fil. Enfin sa main gauche réussit à trouver la ligne, qu'il coinça avec son dos ; ce fut alors son dos et sa main gauche qui subirent la morsure de la corde ; la main gauche avait maintenant tout à faire, et était profondément entaillée. Le vieux coula un regard en arrière vers les paquets de lignes : ils se déroulaient régulièrement. A cet instant, ouvrant une large brèche dans l'océan, l'espadon sauta, puis retomba lourdement. Il fit ensuite une série de bonds qui entraînèrent le bateau à une allure folle, en dépit des longueurs de fil que le vieux ne cessait de donner, et de la tension de plus en plus grande qu'il infligeait à la ligne, tirant, tendant, résistant jusqu'à la limite du possible. La lutte l'avait jeté à plat ventre contre le bois de l'appontement ; son nez et sa joue écrasaient les filets de dorade, il ne pouvait faire un mouvement.

« C'est bien ce que nous avons voulu, pas vrai ? pensa-t-il. Eh bien, ne nous plaignons pas.

« T'imagine pas que je te fais cadeau de toute cette ligne, pensa-t-il. Tu la paieras, c'est moi qui te le dis. »

Il ne voyait pas le poisson sauter ; il entendait seulement le froissement de l'océan, puis le lourd jaillissement de l'eau à chaque retombée. La ligne, dans sa furieuse galopade, lui écorchait cruellement les mains, mais il ne s'était attendu à rien d'autre. Il essayait de se servir des parties calleuses de ses paumes, il tâchait que la ligne ne s'enfonçât pas dans le milieu ou entre ses doigts.

« Si le gosse était là, il aurait mouillé les paquets de lignes, pensa-t-il. Eh oui ! Si le gosse était là !... Si le gosse était là !... »

La ligne filait toujours, filait sans trêve. Cependant on pouvait noter un certain ralentissement. Le vieux vendait cher à l'espadon chaque centimètre de fil. Enfin, il put relever la tête et dégager son visage de la tranche de dorade où s'était incrustée sa joue. Bientôt il se mit sur les genoux, puis, se redressant peu à peu, se trouva debout sur ses jambes. Il continuait à donner du fil, mais de plus en plus lentement. Il recula jusqu'à tâter du pied les paquets de lignes invisibles. Il restait encore une bonne longueur de corde ; quant à l'espadon, il lui fallait maintenant supporter le poids de cette ligne supplémentaire.

« Bon ! pensa le vieux. Sans compter qu'il a bien sauté une douzaine de fois et qu'il a rempli d'air les sacs qui sont sous son dos. Il pourra pas s'enfoncer et aller crever si loin que je ne puisse le remonter. Il va bientôt se mettre à tourner en rond et ça va être mon tour de le mener où ça me plaît. Je me demande ce qui l'a piqué comme ça, tout d'un coup. Ça serait-y la faim qui l'aurait rendu enragé, ou quelque chose qui lui a fait peur dans le noir ? Peut-être bien qu'il a eu la frousse. Pourtant, ce poisson-là, il avait l'air calme et costaud. On aurait dit qu'il n'avait jamais peur, qu'il ne doutait de rien. C'est bizarre. »

— Tu ferais bien de ne pas avoir peur, ni de perdre la boussole toi-même, bonhomme, dit-il. Tu l'as repris en main, c'est une affaire entendue, mais tu ne peux toujours pas regagner de ligne sur lui. En tout cas, va falloir qu'il commence bientôt à tourner en rond.

Le vieux contrôlait l'espadon à la fois de la main gauche et des épaules ; il se pencha pour puiser de l'eau dans sa main droite et laver son visage souillé par la dorade. Il craignait que cette odeur ne le fît vomir et que ses forces en fussent diminuées. Après s'être nettoyé, il laissa tremper un moment sa main dans l'eau salée, guettant l'éclosion de cette lueur qui précède le lever du soleil. « Maintenant il file plein est, pensa-t-il. Ça veut dire qu'il est fatigué et qu'il se laisse porter par le courant. Faudra bientôt qu'il se mette à tourner en rond. Alors, en avant la musique ! »

Quand il jugea que sa main droite était restée suffisamment dans l'eau, il l'en sortit et l'examina.

— Ça peut aller, dit-il. Un homme, ça se laisse pas démolir comme ça.

Il saisit la ligne avec précaution, prenant garde à ce qu'elle n'entrât pas dans les coupures fraîches, et opéra une révolution sur lui-même afin de pouvoir tremper sa main gauche dans la mer de l'autre côté de la barque.

— Tu t'en es pas trop mal tiré pour une bonne à rien, dit-il à la main gauche. Mais pendant un moment, je savais plus où t'étais.

« Pourquoi donc que j'ai qu'une main de bonne ? pensa-t-il. Peut-être que j'ai eu tort de ne pas former celle-là comme il faut. Pourtant, elle a eu assez d'occasions de s'entraîner, bon sang ! Tout de même, elle a été presque à la hauteur cette nuit, et elle n'a eu qu'une crampe. Si elle en a encore une, de crampe, je m'en fous : je laisse la ligne couper dedans sans me bouger. »

Il lui sembla que ses idées s'embrouillaient ; il se dit qu'il devrait manger encore un morceau de dorade. « Mais c'est plus fort que moi, songea-t-il, ça me dégoûte. Vaut mieux se sentir la tête vide que de perdre ses forces en vomissant. Ça pourrait pas descendre. Pensez : quand on a eu la figure collée dessus ! Je la garderai en réserve — on ne sait jamais — jusqu'à ce qu'elle se gâte. De toute façon c'est trop tard. Je n'ai plus le temps de me refaire des forces en mangeant. Imbécile, se dit-il à lui-même. T'as qu'à manger l'autre poisson volant. »

Le poisson volant était là, tout propre, prêt pour la consommation. Le vieux le saisit de la main gauche et le croqua soigneusement chair et arêtes, de la tête à la queue.

« Y a pas plus nourrissant que ça, comme poisson, pensa-t-il. En tout cas, c'est juste le genre de nourriture qu'il me faut. Bon. Ben, je peux rien faire de plus, pensa-t-il. Vivement qu'il se mette à tourner et qu'on se bagarre ! »

Le soleil se levait pour la troisième fois sur le vieux et sur sa barque, lorsque l'espadon commença ses cercles.

Ce n'est pas l'inclinaison de la ligne qui pouvait indiquer que le poisson s'était mis à tourner. Il était encore trop tôt. Il n'y eut qu'un petit relâchement dans la tension. Le vieux tira doucement de la main droite. La ligne se raidit de nouveau, comme à toutes les autres tentatives, mais au moment même où elle semblait tendue à se rompre, elle recommença à céder. Le vieux la fit glisser par-dessus ses épaules et sa tête et commença à la ramener sans hâte ni violence. Il se servait de ses deux mains, balançait son corps de gauche à droite, et tâchait de faire porter l'effort sur le buste et sur les jambes. Ses vieilles jambes, ses vieilles épaules suivaient docilement le mouvement de balancier qu'il imprimait à ses bras.

— C'est un rond qui s'en va chercher au diable dit-il, mais c'est un rond.

La ligne refusa de céder d'un pouce. Le vieux la tenait si serrée que des gouttelettes en jaillissaient dans la lumière. Puis elle se mit à filer ; le vieux s'agenouilla et la laissa à regret s'enfoncer dans l'eau sombre.

— Le voilà au bout de son rond, maintenant, dit-il. Faut que je me cramponne tant que ça peut, pensa-t-il. La fatigue l'obligera à raccourcir son rond à chaque fois. Peut-être que d'ici une heure je le verrai. Pour le moment, faut en venir à bout. Après, je le tue.

Mais le poisson, sans se presser, continua à décrire des cercles. Deux heures plus tard, le vieux était couvert de sueur et las jusqu'à la moelle. Toutefois les cercles diminuaient progressivement et d'après l'inclinaison de la ligne on pouvait constater que le poisson se rapprochait constamment de la surface.

Depuis une heure, le vieux voyait danser des taches noires ; la sueur coulait dans ses yeux et son âcreté salée le cuisait, elle cuisait aussi la coupure qu'il s'était faite au front. Les taches noires ne l'inquiétaient pas trop. C'était un phénomène normal, vu l'effort qu'il fournissait sur cette ligne. A deux reprises, pourtant, il avait eu des éblouissements et des vertiges. Cela, c'était alarmant.

— Je vais tout de même pas me jouer un tour pareil et claquer au moment d'attraper un poisson comme ça, dit-il. Maintenant que j'ai réussi à l'amener si bien, aidez-moi, mon Dieu, je vous en prie. Je dirai cent *Notre Père* et cent *Je vous salue Marie*. Mais pas tout de suite.

« C'est comme si ils étaient dits, vous savez, pensa-t-il. Je les dirai plus tard, c'est tout. »

Au même instant, la ligne lui transmit une secousse formidable. Il se cramponna des deux mains. C'était aigu, c'était dur, c'était lourd.

« Il tape sur la base avec son nez, pensa-t-il. Fallait bien que ça arrive. Il pouvait pas faire autrement. Ça risque de le faire sauter, et moi j'aimerais bien mieux qu'il continue à tourner en rond. Fallait qu'il saute pour respirer de l'air. Mais maintenant chaque fois qu'il saute, ça élargit le trou de l'hameçon. Il finirait par le cracher, comme ça, l'hameçon. »

— Saute plus, poisson, dit-il. Saute plus !

Le poisson heurta le métal plusieurs fois encore. A chaque coup de tête, le vieux laissait filer un peu de ligne.

« Faut pas y aller trop fort, pensa-t-il. Moi, si j'ai mal, ça n'a pas d'importance ; je me fais une raison. Mais lui, de souffrir, ça peut le rendre enragé. »

Au bout d'un moment, l'espadon cessa de frapper le métal de la ligne et recommença lentement à tourner. Le vieux amenait du fil sans arrêt. Mais il eut un nouvel étourdissement. Il prit un peu d'eau de mer dans sa main et la versa sur sa tête. Puis il en prit encore pour se frotter la nuque.

« J'ai pas de crampe, pensa-t-il. Il va bientôt monter, et je peux tenir jusque-là. Faut que tu tiennes ! Pas la peine de discuter. »

Il fit passer de nouveau la ligne derrière ses épaules et s'agenouilla un moment contre le plat-bord. « Je vais me reposer un petit moment pendant qu'il s'éloigne, décida-t-il. Quand il se ramènera, je me lèverai et je recommencerai à le travailler. »

Quelle tentation de se reposer contre l'apponte-ment et de laisser le poisson accomplir un cercle entier sans tirer la ligne ! Mais quand la tension indiqua que l'espadon revenait vers la barque, le vieux se mit sur ses jambes et recommença le jeu de bascule, et le pompage et le tirage, afin de conser-ver tout le fil gagné.

« Je suis rendu comme je l'ai jamais été, pen-sa-t-il et voilà-t-y pas que l'alizé se lève ! Mais ça ne sera pas mauvais pour le crocher. J'ai bougre-ment besoin d'un peu de fraîcheur. »

— C'est dit, je me repose au prochain coup, pendant qu'il fera son rond, dit-il. Je me sens déjà mieux. Encore deux ou trois ronds et je l'ai.

L'espadon amorçait un nouveau cercle ; la ligne se tendit de nouveau. Son chapeau de paille repoussé sur la nuque, le vieux se laissa tomber dans la courbe de l'avant.

« A ton tour de travailler, mon gars, pensa-t-il. Je te rattraperai au virage. »

La mer était devenue très houleuse. Mais c'était une brise de beau temps qui soufflait : elle serait bien utile pour rentrer à La Havane.

— Je tiendrai le cap au sud et à l'ouest, dit-il. Un homme trouve toujours sa route sur la mer, et Cuba, c'est une grande île.

Au troisième tour, le vieux aperçut enfin son poisson.

Il lui apparut d'abord comme une ombre noire. Cela mettait si longtemps à passer sous le bateau qu'il ne pouvait croire à une telle longueur.

— Voyons, c'est pas possible, dit-il, il peut pas être aussi grand que ça.

Mais il était effectivement aussi grand que ça et quand, à la fin de ce troisième tour, il émergea à vingt-cinq mètres de distance, le vieux vit sa queue dressée sur l'eau. Elle était plus haute que le fer d'une grande faux ; sa couleur mauve tranchait sur le bleu sombre de la mer. La queue disparut. L'espadon nageait juste au-dessous de la surface ; le vieux entrevit sa masse énorme et les bandes pourpres qui cerclaient son corps. Sa voile dorsale était repliée ; ses vastes nageoires pectorales étaient déployées largement.

Le vieux aperçut distinctement l'œil du poisson et les deux rémoras qui nageaient à ses côtés. De temps à autre, les rémoras se fixaient à lui. Puis ils le lâchaient brusquement. Parfois encore ils nageaient paisiblement dans son ombre. Ils avaient chacun un bon mètre de long. Leur nage rapide leur donnait un sinueux mouvement d'anguilles.

Le vieux était en sueur, et ce n'était pas la faute du soleil. A chaque tour paisible du poisson, il gagnait de la ligne. Encore deux tours et il réussirait à le harponner, il en était sûr.

« Mais il faut d'abord l'amener tout près, tout près, pensa-t-il. C'est pas la tête qu'il faut viser. C'est le cœur. »

— Du calme, mon bonhomme. C'est pas le moment de faiblir, dit-il.

Au tour suivant, le dos du poisson sortit de l'eau. Toutefois, il était un peu trop loin de la barque. Au tour d'après il était encore trop loin, mais il sortait de l'eau davantage. Le vieux eut la certitude qu'en raccourcissant la ligne, il réussirait à l'amener le long de la barque.

Le harpon était préparé depuis longtemps, avec son paquet de corde mince lové dans un panier rond, et dont l'extrémité était nouée à la bitte de proue.

L'espadon, calmement, achevait son cercle. Il était magnifique. On ne voyait remuer que sa grande queue. Le vieux tira sur la ligne afin de le rapprocher. L'espace d'un instant, le poisson se tourna légèrement sur le côté. Puis, se dressant, il entama un nouveau cercle.

— Je l'ai fait bouger, dit le vieil homme. Je viens de le faire bouger !

Il était épuisé, mais il tenait l'énorme poisson aussi court que possible. « Je l'ai fait bouger, pensait-il. Peut-être que je vais pouvoir l'amener ce coup-ci. Allez-y mes mains, allez-y mes jambes, me lâchez pas ! Et ma tête ! me lâche pas non plus, ma tête ! T'as toujours tenu bon. C'est cette fois-ci que je l'amène ! »

Amorçant son mouvement bien avant que le poisson ne fût revenu près de la barque, il banda toutes ses forces et tira furieusement, mais le poisson réussit à s'écarter, puis, se redressant, s'éloigna de nouveau, lentement.

— Poisson, dit le vieux, poisson faut que tu meures. De toute façon. Tu veux que je meure aussi ?

« On n'arrivera à rien comme ça », pensa-t-il. Sa bouche était trop sèche pour parler, mais il ne pouvait atteindre sa bouteille. « Cette fois, faut que je l'amène. Je tiendrai pas longtemps à ce train-là. Mais si, tu tiendras, se dit-il à lui-même. Tu tiendras jusqu'au bout. »

Au cercle suivant, il s'en fallut de peu qu'il ne l'attrapât. Mais le poisson se redressa encore et s'éloigna lentement.

« Tu veux ma mort, poisson, pensa le vieux. C'est ton droit. Camarade, j'ai jamais rien vu de plus grand, ni de plus noble, ni de plus calme, ni de plus beau que toi. Allez, vas-y, tue-moi. Ça m'est égal lequel de nous deux qui tue l'autre.

« Qu'est-ce que je raconte ? pensa-t-il. Voilà que je déraille. Faut garder la tête froide. Garde la tête froide et endure ton mal comme un homme. Ou comme un poisson. »

— La tête froide, dit-il d'une voix qu'il n'entendait plus qu'à peine. La tête froide !...

Deux fois encore, les cercles du poisson restèrent sans résultat.

« Je ne sais plus », pensa le vieil homme. Il avait été sur le point de s'évanouir chaque fois. « Je ne sais plus ! Mais je vais essayer encore un coup. »

Il essaya encore un coup. Au moment où il retourna le poisson, il sentit venir la syncope. Le poisson se redressa, puis repartit d'une lente allure, sa grande queue godillant dans l'air.

« Je vais encore essayer », affirma le vieux, bien que ses mains fussent toutes molles et que ses yeux ne vissent plus que par instants.

Il essaya encore. Même échec. « Et voilà ! » pensa-t-il. La syncope arriva avant qu'il eût commencé ; « j'essayerai encore un coup ».

Il rassembla ce qui lui restait de force, de courage et de fierté ; il jeta tout cela contre l'agonie du poisson. Celui-ci s'approcha de la barque ; il nageait gentiment tout près du vieux, son nez touchait le plat-bord.

Il se préparait à dépasser le bateau. C'était une longue bête argentée aux rayures pourpres, épaisse, large. Dans l'eau, il semblait interminable.

Le vieux lâcha la ligne et mit son pied dessus. Il souleva le harpon aussi haut qu'il put. De toutes ses forces, augmentées de la force nouvelle qu'il venait d'invoquer, il le planta dans le flanc du poisson, derrière la grande nageoire pectorale qui se dressait en l'air à la hauteur de sa poitrine. Il sentit le fer entrer, s'appuya et pesa de tout son poids pour qu'il pénétrât jusqu'au fond.

Le poisson, la mort dans le ventre, revint à la vie. Dans un ultime déploiement de beauté et de puissance, ce géant fit un bond fantastique. Pendant un instant, il resta comme suspendu en l'air au-dessus du vieil homme et de la barque. Enfin il s'écrasa lourdement dans la mer.

Le vieux et son bateau furent submergés par une trombe d'eau.

Le vieux était épuisé ; il était à bout : il voyait à peine clair. Pourtant il démêla la corde du harpon et la fit glisser lentement dans ses mains écorchées. Quand la vue lui revint, le poisson était sur le dos : il aperçut son ventre argenté. Le dard du harpon sortait de biais, près de la tête ; la mer commençait à se teinter d'un sang rouge, qui coulait du cœur. D'abord cela parut sombre comme un haut-fond, dans cette mer qui avait plus de mille mètres de profondeur. Puis la couleur s'étala comme un nuage. L'espadon, argenté et immobile, flottait sur les vagues.

Pendant les brefs instants où il pouvait y voir, le vieux regardait attentivement. Il enroula deux fois la corde du harpon autour de la bitte de proue et laissa tomber sa tête dans ses mains.

— Faut pas perdre la tête, murmura-t-il contre le plat-bord de l'avant. Mon bonhomme, t'as ton compte. Mais j'ai tué ce poisson qui était mon frère et maintenant faut que je fasse toutes les corvées.

« Faut que je prépare les nœuds coulants et la corde pour l'amarrer le long du bateau, pensa-t-il. Même si on était deux et qu'on fasse pencher le bateau pour le basculer dedans, quitte à écoper l'eau ensuite, il n'y tiendrait jamais. Faut que je prépare tout d'avance ; après je l'amènerai pour le ficeler ; quand ça sera fini, je monte le mât, je hisse la toile et on rentre. »

Il fallait passer une corde à travers les ouïes du poisson et la faire ressortir par la bouche afin de fixer sa tête contre la proue. Le vieux se mit à tirer sur l'espadon pour l'amener à flanc de barque. « Je veux le regarder, pensait-il, le toucher, le tâter. C'est ma fortune, ce poisson-là. Mais c'est pas pour ça que j'ai envie de le tâter. Je crois bien que j'ai senti son cœur, la deuxième fois que j'ai enfoncé le harpon. Bon. Maintenant faut l'amener. Faut bien l'arrimer. Je vais lui passer un nœud coulant autour de la queue, et un autre autour de son ventre. Comme ça, il sera bien attaché. »

— Au travail, bonhomme, dit-il. (Il but une toute petite gorgée d'eau.) Y en a des corvées à faire, maintenant que la bataille est finie !

Il regarda le ciel. Ses yeux se portèrent ensuite vers son poisson. Il nota soigneusement la position du soleil. « Il est pas plus de midi, pensa-t-il. L'alizé se lève. Les lignes, à présent, ça m'est bien égal. On fera les épissures qu'il faudra quand je serai rentré. »

— Allez, amène-toi, poisson, dit-il.

Mais le poisson ne s'amena point. Au contraire, il restait là, vautré sur les flots et le vieux dut tirer la barque jusqu'à lui.

La tête de l'espadon cogna contre la proue : il était si grand que le vieux, qui le touchait presque, n'en pouvait croire ses yeux. Il n'en détacha pas moins de la bitte la corde du harpon qu'il enfila dans une des ouïes et fit ressortir par la mâchoire :

il l'enroula autour du bec, la passa dans l'autre ouïe, l'enroula une seconde fois autour du bec, en noua les deux extrémités et fixa solidement le tout à la bitte d'avant.

Après avoir coupé ce qui restait de corde, il s'en alla à l'arrière ficeler la queue de la même façon.

De rouge et argent qu'il était, le poisson avait viré à l'argent pur. Ses rayures avaient la même teinte lilas que sa queue. Elles étaient larges d'un empan. Son œil saillait comme les miroirs d'un périscope, se détachait comme un saint dans une procession.

— Y avait pas d'autre façon de le tuer, dit le vieux.

La gorgée d'eau qu'il avait bue lui avait fait du bien. Sa tête était claire. Il ne s'évanouirait pas.

« Tel quel, il fait la tonne, au moins, pensa-t-il. Largement. Sinon plus. Une fois paré, il en restera les deux tiers. A trente *cents* la livre, ça chiffre à combien ? Il me faudrait un crayon pour calculer ça, dit-il. Ma tête fonctionne plus. Le grand Di Maggio, il serait fier de moi aujourd'hui. J'ai pas de bec de bécasse, mais qu'est-ce que j'ai pris dans le dos et dans les mains ! Je me demande ce que c'est, un bec de bécasse, pensa-t-il. Peut-être qu'on a ça sans le savoir ? »

Il fixa le poisson à l'avant, à l'arrière et au banc de milieu. Le poisson était si grand qu'il semblait que c'était son propre bateau que le vieux amarrait à un bateau plus vaste. Il coupa un morceau de ligne pour lier la mâchoire inférieure de l'espadon à son nez, afin que sa bouche ne bâillât point, ce qui eût freiné l'embarcation. Enfin il dressa le mât.

S'aidant du bâton qui lui servait de gaffe, il disposa la voile. Celle-ci s'enfla ; le bateau s'ébranla ; à moitié couché à l'arrière, le vieux mit le cap au sud-ouest.

Il n'avait pas besoin de boussole pour savoir où était le sud-ouest. Il lui suffisait de sentir l'alizé souffler et la voile tirer. « Je ferais bien de poser une petite ligne avec une cuiller, histoire d'attraper quelque chose qui me mette un peu de jus dans le corps. » Mais il ne réussit pas à trouver de cuiller et sa provision de sardines était gâtée. Au passage, il accrocha un bouquet d'herbe jaune du Gulf, qu'il secoua afin de faire tomber les petites crevettes qui s'y trouvaient nichées. Il y en eut bientôt plus d'une douzaine sur le plancher de la barque : elles gigotaient et sautaient commes des puces de mer. Le vieux leur détachait la tête en serrant avec le pouce et l'index et les mangeait carapace et tout. Elles étaient minuscules, mais elles avaient bon goût, et cela nourrissait. Il restait dans la bouteille la valeur de deux verres d'eau. Les crevettes avalées, il en but la moitié d'un. La barque filait bien, compte tenu de ce qu'elle avait à traîner : le vieux tenait la barre sous le bras. Il avait son poisson sous les yeux ; il lui suffisait d'ailleurs de sentir son dos douloureux contre le rebord de l'arrière, il lui suffisait de regarder ses mains, pour se convaincre que cette aventure avait réellement eu lieu, que ce n'était pas un songe. A un moment donné, vers la fin du combat, lorsqu'il s'était senti si faible, l'idée qu'il était en train de rêver l'avait saisi. Quand l'espadon était sorti de l'eau et s'était tenu immobile dans le ciel avant de retomber, il s'était dit qu'il y avait là quelque chose de bien étrange, à quoi l'on ne pouvait raisonnablement croire. Il est vrai qu'à cet instant sa vue était toute brouillée. A présent, il y voyait aussi bien que d'habitude.

Le poisson était là. Ses mains, son dos n'étaient pas un songe. « Les mains, ça guérit vite, pensa-t-il. Je les ai bien fait saigner et l'eau de mer les cicatrisera. La bonne eau noire du Gulf, c'est la meilleure médecine du monde. Ce qu'il faut, c'est pas perdre la boule. Les mains se sont bien débrouillées.

« On navigue pas mal. Avec sa gueule coincée et sa queue bien droite, nous deux le poisson on navigue en frères. » Ses idées recommencèrent à se brouiller un peu. Il se demandait : « C'est-y lui qui me ramène ou c'est-y moi ? Si je l'avais à la remorque, ça ferait pas de question. Si il était dans la barque, tout minable, ça ferait pas de question non plus. » Mais ils naviguaient tous les deux attachés côte à côte et le vieux se disait : « Après tout, qu'il me ramène si ça lui fait plaisir. Je n'ai eu le dessus que grâce à des trucs pas propres ; il me voulait pas de mal, lui. »

La barque filait bon train. Le vieux laissait tremper ses mains dans l'eau salée et essayait de ne pas perdre le fil de ses idées. Au-dessus d'eux les hauts cumulus, les cirrus abondants faisaient espérer que le vent soufflerait toute la nuit. Le vieux ne détachait pas ses regards du poisson. C'était donc vrai ! Une heure plus tard, le premier requin attaqua.

Ce requin n'était pas là par hasard. Il avait quitté les vastes profondeurs de l'océan lorsque le sombre nuage de sang s'était formé, puis dispersé à travers les mille mètres de fond.

Il était monté si vite et si étourdiment qu'il avait brisé la surface de l'eau bleue. Ebloui par le soleil, il était retombé dans la mer, avait retrouvé la trace du sang et s'était lancé à la poursuite du poisson et de la barque.

De temps à autre, il perdait la piste. Mais il la retrouvait, ou quelque indice le guidait. Il nageait sans se lasser et sans perdre de temps. C'était un superbe requin Mako bâti pour la vitesse, aussi rapide que le poisson le plus rapide ; tout en lui était beau, sauf la gueule. Son dos était bleu comme celui d'un espadon, son ventre était couleur d'argent, sa peau belle et satinée. Il avait la forme de l'espadon à l'exception des mâchoires : les siennes étaient énormes ; il les tenait fermées, nageant à toute vitesse, tout près de la surface. Sa haute nageoire dorsale fendait l'eau comme une lame d'acier. Dans sa gueule close, il y avait huit rangées de dents plantées en biais, la pointe vers l'intérieur. Ces dents n'ont pas la forme pyramidale qu'on rencontre chez la plupart des requins, mais ressemblent à des doigts d'homme crispés comme des serres. Elles étaient presque aussi longues que les doigts du vieux, et coupantes comme des rasoirs sur les deux faces. Les poissons de la mer, qui sont si rapides et si bien armés, n'ont pas d'autre ennemi que cet animal : il est capable de les manger tous.

Le requin se hâtait davantage à mesure que se

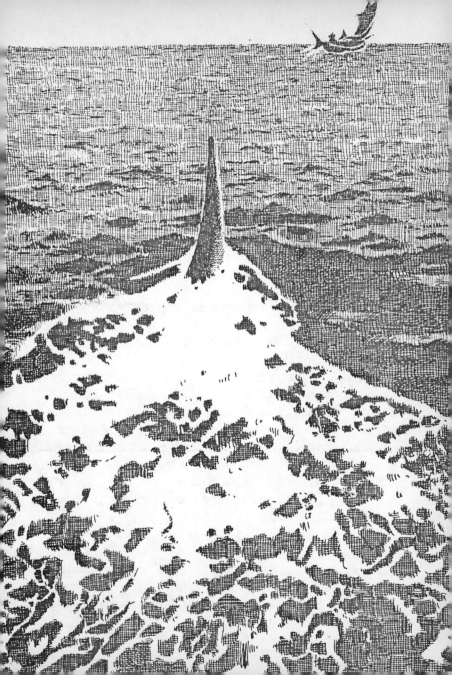

précisait la piste, et fendait l'eau de son aileron bleu.

Quand le vieux l'aperçut, il vit tout de suite que c'était un requin qui n'avait peur de rien et ferait exactement ce qui lui plairait. Tout en l'observant, il prépara le harpon et attacha la corde. Celle-ci était courte : il lui manquait ce que le vieux en avait coupé pour amarrer l'espadon.

Le vieux se sentait ferme et lucide. Il était résolu, mais ne se faisait guère d'illusions. « C'était trop beau pour que ça dure », pensa-t-il. Il regarda longuement son grand poisson tout en surveillant l'approche du requin. « Ça aurait aussi bien pu être un rêve, pensa-t-il. Je peux pas empêcher celui-là de m'attaquer, mais peut-être que je pourrai l'avoir. *Dentuso*, pensa-t-il. Fils de pute. »

Le requin talonnait l'arrière de la barque. Lorsqu'il attaqua l'espadon, le vieux vit sa gueule béante, et ses yeux étranges ; il entendit le claquement des dents qui s'enfonçaient dans la chair juste au-dessus de la queue. La tête du requin sortait de l'eau ; son dos affleurait à la surface ; la peau et la chair de l'espadon se déchirèrent au moment où le vieux lança son harpon sur la tête du requin. Il visait l'endroit où la ligne qui va d'un œil à l'autre se croise avec celle qui prolonge directement le nez.

Ce n'étaient que des lignes idéales. Il n'y avait en réalité que la tête bleue, lourde et pointue, les gros yeux, les mâchoires claquantes, menaçantes, dévorantes. En tout cas c'était là l'emplacement du cerveau. Le vieux frappa juste à cet endroit. Il frappa de ses mains sanglantes et poisseuses, enfonçant son bon harpon dans un suprême effort. Il frappa sans se faire d'illusions, mais avec la volonté de tuer et toute la haine possible.

Le requin se retourna sur le côté et le vieux vit que son œil était sans vie. Il retomba de l'autre côté, s'enroulant deux fois dans la corde. Le vieux savait que le requin avait son compte, mais celui-ci ne l'entendait pas ainsi : couché sur le dos, sa queue fouillant l'air, ses mâchoires claquant dans le vide, il faisait tourbillonner l'eau comme un canot de course. A l'endroit où sa queue s'agitait, jaillissait l'écume ; il était aux trois quarts sorti de l'eau quand, tout à coup, la corde se tendit, frémit, et cassa net. Sous les regards attentifs du vieux le requin resta immobile pendant une minute. Puis lentement, il coula.

— Il m'en a bien pris quarante livres, dit le vieil homme tout haut. Il m'a pris aussi mon harpon et toute la corde, pensa-t-il ; et maintenant que mon poisson a recommencé à saigner, il va en venir d'autres.

Il n'avait plus envie de regarder le poisson depuis qu'il avait été mutilé. Quand le poisson avait été touché, il lui avait semblé qu'on le dévorait lui-même.

« Mais, bon sang, j'ai tué le requin qui me mangeait mon poisson, pensa-t-il. Et c'était le plus gros *dentuso* que j'aie jamais vu. Et Dieu sait si j'en ai vu des gros dans ma vie ! »

« C'était trop beau pour que ça dure, pensa-t-il.

C'est maintenant que je voudrais que ça soit un rêve ! Je voudrais l'avoir jamais pris, ce poisson-là. Je voudrais être tout seul dans mon lit, sur le paquet de journaux. »

— Mais l'homme ne doit jamais s'avouer vaincu, dit-il. Un homme, ça peut être détruit, mais pas vaincu. Je regrette d'avoir tué ce poisson, pensa-t-il. C'est maintenant que ça va commencer à se gâter et j'ai même plus de harpon. Le *dentuso* c'est méchant, c'est fort, c'est malin. Pourtant j'ai été plus malin que lui. Sait-on jamais ? pensa-t-il. Ce qu'y a de certain c'est que j'étais mieux armé que lui.

— Raisonne pas tant, bonhomme, dit-il tout haut. Navigue de ton mieux, et prends les choses comme elles viennent.

« Faut pourtant que je réfléchisse, pensa-t-il. Parce que, de réfléchir, c'est tout ce qui me reste. Avec le base-ball. Je me demande ce que le grand Di Maggio aurait pensé de ce coup que j'y ai allongé, au requin, en plein dans la cervelle ? Bah ! c'était pas si formidable que ça, pensa-t-il. N'importe qui aurait pu en faire autant. Mes écorchures, dans les mains, savoir si c'était aussi gênant qu'un bec de bécasse ? Je me demande. Le talon m'a jamais fait mal, excepté la fois que je me baignais, et que j'ai marché sur une pastenague qui m'a piqué. Même que ça m'a paralysé toute la jambe. Ce que ça m'a fait mal, bon sang ! »

— Tu ferais mieux de penser à quelque chose de gai, mon vieux, dit-il. A chaque minute qui passe, tu te rapproches de chez toi. On a perdu quarante livres, mais ça va plus vite.

Il ne savait que trop ce qu'il adviendrait quand il arriverait dans le milieu du courant. Mais pour le moment il ne pouvait rien faire.

— Mais si, voyons ! s'exclama-t-il. Je peux toujours attacher mon couteau à un bout de rame.

Ce qu'il fit, tout en maintenant la barre sous son bras et l'écoute de la voile sous son pied.

— Je suis toujours un vieux bonhomme, c'est une affaire entendue, mais j'ai encore une arme dit-il.

La brise avait fraîchi. La barque filait. Le vieux ne regardait que la partie supérieure de son poisson. L'espoir renaissait en lui.

« Faut jamais désespérer, pensa-t-il. C'est idiot. Sans compter que c'est un péché, je crois bien. Bah ! pense pas au péché. T'as assez de soucis comme ça dans ce moment sans te mettre à penser au péché ! Et puis d'abord tu n'y entends goutte.

« Je n'y entends goutte et je ne suis pas bien sûr non plus d'y croire. Peut-être bien que c'était un péché de tuer ce poisson ? Mais il me semble tout de même que j'avais le droit, parce que je l'ai tué pour pas crever de faim, et puis il va nourrir beaucoup de gens. Ou alors, tout est péché. Pense donc pas au péché. C'est trop tard, et y a des gens qui sont payés pour ça. Ils ont qu'à y penser, eux autres. Toi, t'es né pêcheur, comme ce poisson-là, il était né poisson. Saint Pierre était pêcheur, et le père du grand Di Maggio aussi. »

Mais il aimait réfléchir sur toute chose qui le concernait. Comme il n'avait rien à lire et point de radio, il méditait sans trêve. Ses pensées revinrent au péché. « C'est pas parce que tu crevais de faim que t'as tué ce poisson-là, se dit-il. Ni pour le vendre. Tu l'as tué par orgueil. Tu l'as tué parce que t'es né pêcheur. Ce poisson-là tu l'aimais quand il était en vie, et tu l'as aimé aussi après. Si tu l'aimes, c'est pas un péché de l'avoir tué. Ou c'est-y encore plus mal ? »

— Tu réfléchis trop, bonhomme, prononça-t-il. N'empêche que t'as été bien content d'estourbir le *dentuso*, pensa-t-il. Pourtant ça, c'est un animal qui se nourrit de poissons vivants, comme toi. C'est pas un charognard, c'est pas un estomac à nageoires comme certains requins. C'est beau, le *dentuso*, c'est noble. Ça ne connaît pas la peur.

— J'étais en état de légitime défense, dit le vieil homme tout haut. Et je l'ai rudement bien tué.

« D'ailleurs, pensa-t-il, tout le monde tue d'une manière ou de l'autre. La pêche me tue au moins autant qu'elle me fait vivre. Le gamin me fait vivre lui, pensa-t-il. Faut pas que je raconte d'histoires. »

Se penchant par-dessus bord, il détacha un morceau de la chair du poisson à l'endroit où le requin avait mordu. Il le mastiqua longuement, appréciant sa finesse et son goût agréable. C'était une chair ferme et juteuse, comme de la viande, encore qu'elle ne fût pas rouge. Ce n'était pas filandreux non plus, et le vieux songea qu'il en tirerait le meilleur prix au marché. Mais il n'existait aucun moyen d'empêcher son odeur de pénétrer la mer, et il s'attendait aux pires ennuis de ce côté-là.

La brise continuait à souffler. Elle avait appuyé encore un peu plus au nord-est, ce qui signifiait qu'elle ne tomberait pas. Le vieux scrutait l'horizon devant lui : pas la moindre voile, pas la moindre fumée, nul bateau en vue. Rien que des poissons volants qui jaillissaient à la proue de sa barque et s'en allaient tomber à côté des herbes jaunes du Gulf. On ne voyait même pas d'oiseaux.

Il navigua ainsi deux heures accoté à l'arrière, mangeant de temps à autre un morceau d'espadon, tâchant de se reposer et de conserver ses forces. Tout à coup, il aperçut le premier des deux requins.

— *Ay,* s'écria-t-il.

Ce mot est intraduisible ; peut-être même n'est-ce qu'un son, une de ces exclamations qui vous échappent malgré vous, quand un clou vous traverse la main et s'enfonce dans le bois.

— *Galanos,* s'écria-t-il.

Il venait de voir le second aileron derrière le premier.

Ces requins appartenaient à l'espèce dite « museau en stapule ». Il les reconnaissait à l'aileron brun et triangulaire et au coup de balai de la queue. Ils avaient flairé la trace du poisson, mais la faim les mettait dans un tel état d'affolement qu'ils la perdaient et la reperdaient sans arrêt. Ils ne cessaient toutefois de se rapprocher.

Le vieux attacha l'écoute de la voile et immobilisa la barre, puis il saisit la rame où il avait fixé son couteau. Il la souleva aussi légèrement qu'il put, parce que ses paumes le faisaient horriblement souffrir. Il ouvrit et ferma les mains plusieurs fois sur le manche afin de les assouplir. Enfin, d'un coup sec, il les referma pour que la plus grande douleur fût passée quand il faudrait agir et il attendit les requins. Il apercevait leurs larges museaux plats terminés en spatule et les pointes blanches de leurs nageoires pectorales. C'étaient des animaux immondes, puants, plus charognards encore que chasseurs.

Quand ces requins-là ont faim, ils vont jusqu'à mordre les rames ou le gouvernail des barques, à sectionner les pattes des tortues endormies à la surface, à attaquer l'homme, celui-ci ne portât-il sur le corps la moindre odeur de poisson ou de sang.

— *Ay*, dit le vieux. *Galanos*. Allons-y, *Galanos*.

Ils attaquèrent mais pas de la même façon que le Mako. L'un vira et disparut sous le bateau. A chaque secousse qu'il donnait en tirant sur le poisson, l'embarcation oscillait. L'autre requin surveillait le vieux du coin de son sale petit œil jaune. Soudain, les mâchoires béantes, il se jeta sur la partie de l'espadon qui était déjà entamée. La ligne imaginaire se dessinait nettement du sommet de sa tête noirâtre à l'endroit où la cervelle rejoint l'épine dorsale : c'est là qu'avec le couteau fixé à la rame le vieux frappa. Il releva son arme et l'enfonça à nouveau dans l'œil de chat du requin. Celui-ci, presque en même temps, lâcha le poisson, retomba, avala le morceau qu'il avait arraché et mourut.

La barque oscillait toujours sous les attaques de l'autre bête. Le vieux laissa aller l'écoute. La barque fit une embardée et le requin apparut. Aussitôt qu'il l'aperçut, le vieux se pencha par-dessus bord et lui porta un coup de couteau. Mais il n'atteignit que la chair, qu'il entama à peine, à cause de l'épaisseur de la peau. Le coup retentit douloureu-

sement dans ses mains et dans son épaule. Le requin revint immédiatement à la charge, la tête hors de l'eau. Au moment où son nez émergea et se posa sur le poisson, le vieux frappa le sommet de la tête plate. Relevant l'arme, il frappa une seconde fois exactement au même point. Le requin cependant restait accroché au poisson de toute sa mâchoire : le vieux lui creva l'œil gauche. Le requin ne bougea pas.

— Ça te suffit pas ? dit le vieux. Il plongea la lame entre les vertèbres et la cervelle, coup facile, au point où en étaient les choses. Il sentit le cartilage se fendre. Il retira son couteau et essaya de le pousser entre les mâchoires du requin, afin de les écarter. Il retourna la lame plusieurs fois sur elle-même ; quand enfin le requin lâcha prise et s'enfonça, il lui dit : « Fous le camp, *galano*. Dégringole à mille mètres de profondeur. Va-t'en rejoindre ton copain, à moins que ça soit ta mère. »

Le vieux essuya la lame du couteau, reposa l'aviron et rattrapa l'écoute : la voile se gonfla et la barque repartit, dans la bonne direction.

— Ils ont mangé au moins un quart du poisson, et le meilleur, dit-il tout haut. Si seulement c'était un rêve ! Si seulement je l'avais jamais ferré ! Ça me fait du chagrin, tout ça, poisson. Ça démolit tout ce qu'on a fait.

Il se tut et ne voulut plus regarder son poisson. Exsangue et ballotté sur les vagues, celui-ci avait pris cette couleur gris plombé qu'a le tain des glaces et l'on distinguait encore ses rayures.

— J'aurais pas dû aller si loin, poisson, dit-il. Ni pour toi, ni pour moi. Pardon, poisson.

« C'est pas tout ça, se dit-il à lui-même. Regarde un peu la ficelle du couteau, des fois qu'elle aurait été coupée. Et puis, occupe-toi un peu de tes mains, parce qu'il va sûrement en venir d'autres. »

— Il me faudrait une pierre à aiguiser, dit-il après avoir vérifié la ligature du couteau sur le manche de la rame. J'aurais dû emporter une pierre à aiguiser. Y a bien des choses que t'aurais dû emporter, pensa-t-il. C'est pas le moment de penser à ce qui te manque. Pense plutôt à ce que tu peux faire avec ce qu'y a.

— Oh ! assez de sermons comme ça, dit-il tout haut. Fiche-moi la paix.

Il cala la barre sous son bras et plongea les deux mains dans l'eau. La barque continuait sa course.

— Dieu sait combien celui-là en a emporté, dit-il. Enfin, la barque est plus légère qu'avant.

Il ne voulait pas penser au ventre mutilé du poisson. Il savait que chacune des secousses produites par le requin s'était soldée par un morceau de poisson arraché, et que le poisson traçait maintenant pour tous les requins de la mer une piste large comme un boulevard.

« Ce poisson-là, il aurait pu nourrir un homme pendant tout l'hiver, songea-t-il. Allez, faut pas y penser. Tu ferais mieux de te reposer un brin, puis de voir un peu à tes mains, qu'elles soient en état de défendre ce qui reste. L'odeur de mon sang sur mes mains, c'est pas grand-chose comparé à c't'odeur qui se répand dans l'eau. D'abord, mes mains, elles saignent pas tant que ça. Y a pas une seule entaille sérieuse. Et pour la gauche, une saignée comme ça, ça l'empêchera d'avoir des crampes. »

« A quoi que je pourrais bien penser à présent ? songea-t-il. A rien. Faut penser à rien et attendre la suite. Si seulement j'avais rêvé ! Mais sait-on ? Ça aurait pu tourner bien. »

Le requin suivant était seul. C'était un « museau en spatule » aussi. Il se jeta sur la proie comme un cochon sur l'auge, si l'on admet qu'un cochon ait une gueule assez large pour qu'un homme y mette sa tête. Le vieux le laissa mordre puis lui enfonça le couteau emmanché à l'aviron en plein milieu du cerveau. Mais en s'effondrant, le requin fit un bond en arrière et la lame se brisa.

Le vieux reprit la barre. Il ne jeta pas un regard vers le grand requin qui sombrait lentement, d'abord grandeur nature, puis plus petit, puis microscopique.

D'habitude, le vieux observait ces disparitions avec transport. Mais cette fois-là il ne tourna même pas la tête.

— J'ai plus que la gaffe, dit-il. Mais ça servira à pas grand-chose. J'ai les deux rames, j'ai le gouvernail, j'ai le gourdin.

« Ils m'ont eu, pensa-t-il. Je suis trop vieux pour tuer les requins à coups de gourdin. Mais je me défendrai contre eux, nom de nom ! tant que j'aurai le gouvernail et le gourdin, et les rames. »

Il trempa de nouveau ses mains dans la mer. L'après-midi touchait à sa fin. On ne voyait que l'eau et le ciel. Le vent s'était élevé ; il pouvait espérer que la côte serait bientôt en vue.

— T'es fatigué, mon bonhomme, dit-il. Fatigué jusqu'à l'os.

Les requins ne revinrent qu'à la tombée du jour.

Le vieux aperçut deux ailerons bruns qui fendaient l'eau derrière ce qui devait être la trace du poisson dans la mer. Les requins ne s'étaient même pas partagé la recherche du cadavre. Nageant côte à côte, ils fonçaient droit sur la barque.

Le vieux coinça la barre, bloqua la voile et attrapa le gourdin sous la poupe. C'était un ancien manche de rame qu'on avait scié et qui mesurait soixante-quinze centimètres environ. A cause de sa forme, on ne pouvait s'en servir utilement que d'une main.

Le vieux, fermement, l'empoigna de la main droite. Prêt à le brandir, il regarda les requins approcher. C'étaient encore deux *galanos*.

« Faut laisser le premier se mettre à table. A ce moment-là, je lui tape sur le museau ou bien dans le travers de la tête », pensa-t-il.

Les deux requins attaquèrent ensemble. Quand le plus proche ouvrit les mâchoires et planta les dents dans le ventre argenté du poisson, le vieux éleva le gourdin aussi haut qu'il put et l'abattit, pesant et fracassant, sur la large tête. Le gourdin rencontra une sorte de résistance électrique. Mais le vieux sentit aussi la dureté de l'os ; au moment où le *galano* se détachait du poisson, il lui assena un second coup sur le museau.

L'autre requin avait mordu plusieurs fois l'espadon. La gueule béante, il revenait encore. Des morceaux de chair pendaient aux coins de sa gueule, formant des traînées blanches. Il se jeta sur le poisson et referma ses mâchoires. Le vieux fit un moulinet avec le gourdin ; hélas ! il ne réussit qu'à toucher la tête. Le requin le regarda et arracha le morceau qu'il avait entamé. Au moment où il s'écartait pour l'avaler, le vieux lui porta un nouveau coup. Il ne heurta que l'épaisse masse élastique de la tête.

— Amène-toi, *galano*, dit le vieux. Amène-toi, voir !

Rapide comme l'éclair, le requin revint. Le vieux l'atteignit quand il referma les mâchoires. Le gourdin haut levé, il lui déchargea un coup formidable. Cette fois, c'était l'os. De toutes ses forces le vieux cogna dessus. Le requin engourdi ne sombra pas sans emporter encore un morceau.

Il pouvait revenir ; le vieux guetta, mais ni lui ni son camarade ne se montrèrent. Enfin, il en aperçut un qui tournait en rond à la surface de l'eau. Il ne vit pas l'aileron de l'autre.

« Je pouvais pas espérer les tuer, pensa-t-il. C'est plus comme dans le temps. Mais je leur ai quand même passé quelque chose de soigné, à ces deux-là, et ils ne doivent pas se sentir très farauds. Une supposition que j'aurais eu un bâton que j'aurais pu tenir à deux mains, j'aurais tué le premier recta. Même à présent », pensa-t-il.

Il ne voulut pas regarder son poisson. Il en manquait une bonne moitié. Le soleil s'était couché, pendant qu'il se battait avec les requins.

— Va bientôt faire noir, dit-il. Je devrais voir les lumières de La Havane. Si c'est que je suis trop à l'est, je verrais les lumières d'une des plages nouvelles.

« Je devrais pas être tellement loin, maintenant, pensa-t-il. J'espère qu'on s'est pas fait trop de bile pour moi, là-bas. C'est pour le gamin que ça m'embête. Mais je suis sûr qu'il aura gardé bon espoir.

C'est les vieux, aussi, qui se seront fait du mauvais sang. Et pas seulement les vieux, tiens ! pensa-t-il. Tout ça, c'est du brave monde. »

C'était devenu difficile de faire la conversation au poisson : celui-ci était tellement abîmé. Soudain, le vieux eut une idée.

— Moitié de poisson, dit-il, poisson que tu étais, écoute. Je regrette bien d'être allé si loin. Ça nous a perdus tous les deux. Mais on a tué des tas de requins, toi et moi, et assaisonné pas mal d'autres. Combien que t'en avais tué, toi, mon petit vieux ? C't'épée-là, que t'as sur le museau, tu l'as pas pour des prunes, hein ? Il était doux de penser au poisson, et à ce qu'il avait pu faire aux requins quand il nageait librement. « J'aurais dû lui couper son épée et leur taper dessus avec, pensa-t-il. Mais y avait pas de hache, et j'avais plus de couteau ? Alors ? »

« Ah ! si j'avais pu ! si je l'avais fixée à un manche de rame, quelle arme que ça m'aurait fait ! On se serait battu tous les deux contre ces saletés. Et maintenant qu'est-ce que tu vas faire si ils s'amènent dans le noir, hein ? Qu'est-ce que tu peux bien faire ? »

— Les chasser, dit-il. Je me battrai contre eux jusqu'à la mort.

Dans cette obscurité grandissante, sans lumière ni lueur, avec la seule compagnie du vent et l'élan régulier de la voile, il lui semblait bien qu'il était déjà mort. Il joignit ses deux mains, il en toucha les paumes. Elles n'étaient pas mortes le moins du monde, elles, et pour retrouver la souffrance et la vie il n'avait qu'à les ouvrir et les refermer. Il s'adossa contre l'arrière : il n'était pas mort, grands dieux ! Ses épaules se chargeaient de le lui dire.

— Y a toutes ces prières que j'ai promises si j'attrapais le poison, dit-il. Je suis trop fatigué pour les dire maintenant. Je ferais bien de trouver le sac et de me le mettre sur les épaules.

A demi couché, attentif à la barre, il guettait la première lumière à apparaître au fond du ciel. « Il en reste la moitié, pensa-t-il. Peut-être que j'aurai la veine de la ramener, c'te moitié du haut. J'ai bien mérité un peu de veine. C'est pas vrai, dit-il, en allant trop loin j'ai tenté le diable. »

— Pas d'idioties, dit-il tout haut. Tâche plutôt de pas t'endormir et de garder le cap. T'auras peut-être de la veine tout de même.

— La veine. J'aimerais bien en acheter un morceau si on la vend quelque part, dit-il.

« Et avec quoi que je l'achèterai ? se demanda-t-il à lui-même. C'est-y avec un harpon perdu, un couteau cassé et deux mains malades que je la paierai ? »

— Et pourquoi pas ? dit-il. T'as bien essayé de l'acheter avec quatre-vingt-quatre jours de mer. Même qu'on te l'a presque vendue.

« Qu'est-ce que c'est que toutes ces bêtises-là ? songea-t-il. La veine, c'est quelque chose qui se ressemble jamais deux fois de suite. Bien malin qui la reconnaît. Tout de même, si elle se présentait, la veine, je ferais tout ce qu'elle me dirait ! Je voudrais apercevoir une lumière, pensa-t-il. J'en veux-t-y des choses ! Non, c'est vraiment ça que je veux à présent. » Il chercha une position plus confortable pour barrer ; la douleur que réveilla ce mouvement lui confirma qu'il n'était pas mort.

Aux alentours de dix heures du soir, il distingua, réfléchi sur la mer, le halo des lumières de la ville. Ce ne fut d'abord qu'une clarté diffuse semblable à celle qui précède le lever de la lune ; puis les lumières devinrent des points fixes ; elles perçaient l'espace marin : il y avait une forte houle, car la brise avait beaucoup fraîchi. Le vieux maintenait le cap sur les lumières. Il estima qu'il ne devait pas se trouver bien loin de la frange du courant.

« C'est fini maintenant, pensa-t-il. Ils vont probablement remettre ça. Mais qu'est-ce qu'on peut faire dans le noir, et pas armé ?

Il était raide ; il avait mal partout, le froid de la nuit réveillait toutes ses blessures, toutes les douleurs de son corps surmené.

« Pourvu que je sois pas encore obligé de leur taper dessus ! pensa-t-il. Je voudrais tant ne pas être obligé de leur taper dessus ! »

Mais à minuit le combat recommença. Cette fois le vieux savait que cela ne servirait à rien. Il avait contre lui une véritable meute. On ne voyait rien d'autre que la trace des ailerons dans l'eau et la traînée phosphorescente que les requins laissaient chaque fois qu'ils se jetaient sur le poisson. Le vieux cognait au hasard sur des têtes, il entendait des mâchoires claquer. La barque oscillait sur le dos. Le vieux résistait avec désespoir à un ennemi qu'il entendait et devinait seulement. Soudain le gourdin lui échappa : quelque chose s'en était emparé.

Alors, il décrocha la barre du gouvernail, la prit à deux mains et se remit à cogner dans tous les sens. Mais les requins se pressaient contre la poupe. Tantôt l'un derrière l'autre, tantôt ensemble, ils s'élançaient sur le poisson, arrachant des morceaux de chair que l'on voyait briller à travers l'eau quand ils se retournaient pour revenir à la charge.

Un dernier survint, qui s'attaqua à la tête. Le vieux comprit que tout était fini. Il brandit la barre et l'abattit sur la mâchoire même du requin qui était comme coincée dans les cartilages de la tête du poisson. Il cogna deux fois, trois fois, dix fois. La barre se rompit. Il continua à cogner avec le morceau cassé. Il se sentit entrer dans la bête ; déduisant de cela qu'il était très pointu, il frappa encore. Le requin lâcha prise et se tordit. C'était le dernier de la meute. Il ne restait plus rien à manger pour personne.

Le vieil homme respirait avec les plus grandes difficultés ; il avait dans la bouche un goût bizarre, ferreux et douceâtre qui l'effraya beaucoup sur le moment. Mais c'était assez peu de chose.

Il cracha dans l'océan et dit : « Avalez ça, *galanos*. Et que ça vous fasse rêver que vous avez tué un homme. »

Il se savait vaincu définitivement et sans remède. Il retourna à l'arrière ; le bout cassé de la barre ne s'adaptait plus à la fente du gouvernail. Impossible désormais de barrer. Il s'enveloppa les épaules dans le sac et bloqua le gouvernail dans la direction voulue. La barque était bien légère maintenant, et le vieux n'avait plus ni sentiments ni pensées. Il était au-delà de tout ; il ne songeait plus qu'à ramener sa barque au port, aussi bien, aussi intelligemment que possible.

Dans les ténèbres, des requins venaient mordre la carcasse comme des pauvres qui ramasseraient les miettes d'une table. Le vieux n'y faisait même pas attention. Il ne faisait attention à rien, si ce n'est à sa voile. Il remarquait seulement combien la barque filait vite sans ce grand poids à son flanc.

« Elle a tenu le coup, pensa-t-il. Elle est intacte, pas abîmée pour un sou à part la barre. Bah ! une barre c'est facile à remplacer. »

Il était rentré dans le courant ; il voyait les lumières de toutes les plages éparses le long de la côte ; il savait où il était. Le retour au port ne serait plus qu'un jeu d'enfant.

« On a le vent pour nous, en tout cas, pensa-t-il. Enfin, je veux dire de temps en temps, ajouta-t-il. Et aussi la grande mer, avec nos amis et nos ennemis. Et puis le lit, pensa-t-il. Le lit, ça c'est un ami ! Rien que le lit, pensa-t-il. Ça sera-t-y bon d'être au lit ! Ce que ça peut être facile, les choses, quand on a perdu, pensa-t-il. J'aurais jamais cru que c'était si facile. Et qu'est-ce que c'est qui t'a fait perdre ? » pensa-t-il.

— Rien, prononça-t-il. C'est que j'ai été trop loin.

Quand il entra dans le petit port, les lumières de la *Terrasse* étaient éteintes et il comprit que tout le monde était couché. La brise, qui avait grossi sans arrêt, soufflait avec violence. Toutefois, dans le port, l'eau était calme, et le vieux parvint jusqu'à un petit tas de galets qui se trouvait au pied des rochers. Comme il n'y avait personne pour l'aider, il rama aussi loin qu'il put, puis il sortit de la barque et l'attacha à une pierre.

Il démonta le mât, amena la voile et la plia. Ensuite, il mit le mât sur son épaule et commença à monter la côte. C'est alors qu'il éprouva l'immensité de sa fatigue. Il s'arrêta un instant, se retourna et aperçut dans la lumière d'un réverbère la grande queue de l'espadon qui se dressait, bien plus haute que la poupe de la barque. Il distingua la ligne blanche et nue que dessinait l'arête, ainsi que la masse sombre de la tête, l'épée et ce vide, tout ce vide.

Il se remit à gravir la pente. En arrivant au sommet, il tomba et resta prostré, le mât en travers les épaules. Il essaya de se relever : c'était au-dessus de ses forces. Assis, soutenant le mât, il regardait la route. Un chat passa de l'autre côté, vaquant à ses affaires.

Finalement le vieux posa son fardeau à terre et se remit debout. Il ramassa le mât, le chargea sur son épaule et poursuivit son chemin. Il lui fallut s'asseoir encore cinq fois.

Dans la cabane, il appuya le mât contre le mur. A tâtons, il trouva une bouteille d'eau et but. Puis il tomba sur son lit. Il tira la couverture sur ses épaules, l'arrangea sur ses pieds et sur son dos. A plat ventre sur les vieux journaux, les bras en croix, les paumes tournées vers le ciel, il s'endormit.

Le lendemain matin, le gamin entrouvrit la porte et passa la tête. Le vieux dormait toujours. Le temps était trop mauvais pour que les bateaux pussent sortir ; aussi le gamin avait-il dormi tard. Comme les matins précédents, il était venu. D'abord, il s'assura que le vieux respirait. Ensuite il vit les mains et pleura. Sans bruit il sortit et courut chercher du café. Il pleurait en dévalant la côte.

La barque était entourée de pêcheurs qui examinaient ce qu'elle portait à son flanc. L'un d'eux avait retroussé son pantalon pour entrer dans l'eau et mesurait la longueur du squelette avec une ficelle. Le gamin ne descendit pas jusque-là. Il était déjà venu et avait chargé un pêcheur de veiller sur la barque.

— Comment qu'il va ? cria d'en bas l'un des hommes.

— Il dort, répondit le gamin. (Il lui était indifférent qu'on le vît pleurer.) Faut pas le déranger, surtout.

— Il avait six mètres de la tête à la queue, cria le pêcheur qui avait mesuré la carcasse.

— Ça m'étonne pas, dit le gamin.

Il entra à la *Terrasse* et demanda du café dans un pot.

— Bien chaud, avec plein de lait et de sucre.

— Et avec ça ?

— Ça ira. Tout à l'heure je verrai ce qu'il peut manger.

— Pour un poisson, c'était un poisson, dit le patron. On n'en a jamais vu de pareil. Toi aussi, les deux que t'as eus hier, ils étaient beaux.

— Je m'en fous, dit le gamin, qui fondit en larmes.

— Tu veux pas boire quelque chose ? demanda le patron.

— Non, dit le gamin. Dis-leur qu'ils viennent pas embêter Santiago. Je reviendrai tout à l'heure.

— Dis-y de ma part que je le plains.

— Merci, dit le gamin.

Il apporta le café chaud à la cabane du vieux et resta assis à son côté jusqu'à ce qu'il ouvrît les yeux. Une fois, le vieux parut s'éveiller, mais il se replongea aussitôt dans un lourd sommeil. Le gamin traversa la route et alla emprunter un peu de bois pour faire réchauffer le café.

Enfin le vieil homme s'agita.

— Bouge pas, dit le gamin. Avale ça.

Il versa un peu de café dans un verre.

Le vieux prit le verre et but.

— Ils m'ont eu, Manolin, dit-il. Ils m'ont eu jusqu'au trognon.

— Pas *lui*, en tout cas. Pas le poisson.

— Non, ça c'est vrai. C'est après.

— Pedrico monte la garde à côté de ta barque et de tes agrès. Qu'est-ce que tu veux qu'on fasse de la tête ?

— Dis à Pedrico qu'il la coupe en morceaux. Ça servira à appâter les nasses.

— Et l'épée ?

— Ça te ferait plaisir ? C'est pour toi.

— Je te crois que ça me ferait plaisir ! dit le gamin. Maintenant faut qu'on se mette d'accord pour tout le reste.

— C'est-y qu'ils m'ont cherché ?

— Naturellement. Avec des vedettes et des avions.

— Dame, c'est que c'est grand, la mer ! C'est pas rien d'y repérer une toute petite barque, dit le vieux. (C'était bien agréable d'avoir quelqu'un à qui parler ! Tellement mieux que de se parler tout seul à soi-même, ou à l'océan.) Tu m'as manqué, tu sais, dit-il. Qu'est-ce que t'as attrapé ?

— Un gros le premier jour, un autre le second, et deux le troisième.

— C'est pas mal ça.

— On va se remettre à pêcher ensemble tous les deux.

— Non. J'ai pas de veine. J'ai plus de veine du tout.

— La veine, je m'en fous, dit le gamin. J'en ai, de la veine, moi.

— Chez toi, qu'est-ce qu'ils diront ?

— Ça m'est bien égal. J'en ai pris deux hier. Maintenant on va se remettre à pêcher ensemble. Tu comprends, j'ai encore des tas de trucs à apprendre.

— Faut qu'on se fabrique une belle lance de combat et qu'on l'ait toujours à bord. Pour le fer, y a qu'à prendre un bout de ressort à une vieille Ford. On le ferait affûter à Guanabacoa. Faut que ça soit très pointu et pas trop trempé pour pas que ça casse. Mon couteau, il a bien cassé.

— Je te trouverai un autre couteau et je ferai aiguiser le ressort. Pour combien de jours qu'on en a, tu crois, de cette *brisa* à tout casser ?

— Peut-être trois, peut-être plus.

— Ça va, alors. J'ai le temps d'arranger tout. Toi, grand-père, tu t'occupes d'abord de tes mains.

— Oh ! les mains, je sais bien ce qu'il faut faire. Cette nuit, j'ai craché une drôle de saleté, et j'ai senti comme si j'avais quelque chose de craqué dans la poitrine.

— Ça aussi, faut s'en occuper, dit le gamin. Allez, allonge-toi, grand-père ; je vais t'apporter une chemise propre et puis quelque chose à manger.

— Apporte-moi donc les journaux des jours où j'étais pas là, dit le vieux.

— Faut te remettre vite, tu comprends, parce que j'ai des tas de trucs à apprendre, et toi tu connais tout. Ça a été dur, hein ?

— J'te crois ! dit le vieux.

— Bon. Je vais chercher à manger et les journaux, dit le gamin. Repose-toi bien, grand-père. Je demanderai une pommade au pharmacien pour tes mains.

— Oublie pas de dire à Pedrico que la tête c'est pour lui, hein ?

— J'oublie pas.

Sitôt la porte franchie, sur la mauvaise route en débris de coraux, le gamin se remit à pleurer.

Ce jour-là, il était venu tout un groupe de touristes. Ils étaient assis à la *Terrasse* et contemplaient la plage encombrée de boîtes de conserve et de barracudas crevés. Tandis que le vent d'est agitait la mer à l'entrée du port, une des dames aperçut une longue arête blanche terminée par une immense queue qui se soulevait et se balançait au gré du ressac.

— Qu'est-ce que c'est que ça ? demanda-t-elle au garçon, en désignant la longue épine dorsale du grand poisson qui n'était plus maintenant qu'une carcasse prête à se laisser emporter par la marée.

— *Tiburon*, dit le garçon. *Réquine*.

Il croyait expliquer ainsi ce qui s'était passé.

— Je ne savais pas que les requins avaient de si belles queues, d'une si jolie forme, s'exclama la dame.

— Moi non plus, dit l'homme qui l'accompagnait.

Dans la cabane, là-bas, tout en haut, le vieux s'était endormi. Il gisait toujours sur le ventre. Le gamin, assis à côté de lui, le regardait dormir. Le vieux rêvait de lions.

FOLIO JUNIOR ÉDITION SPÉCIALE

# Ernest Hemingway

# Le vieil homme et la mer

Supplément réalisé par
Christian Biet,
Jean-Paul Brighelli,
Caecilia Pieri
et Jean-Luc Rispail

Illustrations de Bruno Pilorget

# SOMMAIRE

## QUI ÊTES-VOUS ?

# QUI ÊTES-VOUS ?

Pour le savoir, répondez aux questions de ce test. Entourez à chaque fois le symbole correspondant à la réponse choisie. Comptez ensuite le nombre de ○ , □, ☆ obtenus et reportez-vous aux explications figurant à la fin de ce livre ; vous découvrirez alors si votre tempérament se rapproche plutôt de celui de Santiago, de Manolin... ou du requin ! Attention : pour que ce test soit valable, il vous faudra répondre avec honnêteté et spontanéité.

**1.** *Vous êtes dans la rue ; une voiture manque vous écraser et s'éloigne sans s'arrêter :*
**A.** Vous restez stupéfait, paralysé sur place ○
**B.** Vous couvrez le chauffeur d'injures ☆
**C.** Vous passez dignement votre chemin □

**2.** *Votre couleur préférée est :*
**A.** Le rouge ☆
**B.** Le bleu turquoise ○
**C.** Le vert émeraude □

**3.** *Au restaurant, vous choisissez de préférence :*
**A.** Une omelette frites avec un jus d'orange ○
**B.** Un plat de poisson □
**C.** Des merguez très épicées avec du ketchup ☆

**4.** *L'enfer, pour vous, c'est :*
**A.** Une gigantesque fournaise ☆
**B.** Un gigantesque réfrigérateur ○
**C.** Une gigantesque étendue de sables mouvants □

**5.** *En classe, votre voisin copie :*
**A.** Vous vous arrangez pour qu'il soit remarqué et puni ☆
**B.** Vous vous arrangez discrètement pour lui cacher votre devoir ○
**C.** Vous ne vous en apercevez même pas □

**6.** *Le paradis, pour vous, c'est :*
**A.** Un océan de fraises à la crème Chantilly ☆
**B.** Un pays où il fait toujours beau ○
**C.** Un lieu où on vous laisse en paix quand vous souhaitez être tranquille □

**7.** *Vous préféreriez recevoir dans votre boîte aux lettres :*
**A.** Un billet d'avion pour 15 jours de vacances en Afrique □
**B.** Un chèque de 10 000 francs ☆
**C.** Une déclaration d'amour de la personne que vous aimez depuis deux ans en secret ○

**8.** *Un voisin vous réveille au milieu de la nuit avec un disque des Rolling Stones à pleine puissance :*
**A.** Vous l'écoutez avec plaisir ○
**B.** Vous cognez à sa porte pour qu'il arrête ☆
**C.** Vous vous rendormez paisiblement □

**9.** *Si on vous forçait à choisir, vous préféreriez :*
**A.** Ne pas avoir de copains du tout ○
**B.** Ne pas avoir assez à manger ☆
**C.** Ne pas pouvoir dormir suffisamment □

*Solutions page 154*

# 1
# AU FIL DU TEXTE
## PREMIÈRE PARTIE (p. 9-41)

## Dix questions faciles

Voici un questionnaire qui va vous permettre de mesurer ce que vous avez retenu du début de l'histoire. Faites ce test tout seul... mais attention : le jeu n'est valable que si vous répondez sans consulter le texte !

**1.** *Le vieux s'appelle :*
**A.** Santiago
**B.** Santafe
**C.** Santino

**2.** *Et le jeune :*
**A.** Manolo
**B.** Manolin
**C.** Kaolin

**3.** *Le vieux a longtemps pêché la tortue au large de :*
**A.** La côte des Moustiques
**B.** La côte des Moucherons
**C.** La côte des Mouettes

**4.** *Le vieux a passé une partie de sa jeunesse :*
**A.** En Afrique
**B.** En Amérique
**C.** Au Mexique

**5.** *Quel est le menu imaginaire favori du vieux ?*
**A.** Du riz au piment avec des moules
**B.** Du riz au safran avec du poisson
**C.** Du riz au curry avec des crevettes

**6.** *Le récit commence :*
**A.** Au mois de septembre
**B.** Au mois d'avril
**C.** Au mois d'août

**7.** *Le célèbre joueur de base-ball s'appelle :*
**A.** Di Maggio
**B.** Di Maccio
**C.** Di Mario

**8.** *La langue des héros du livre est :*
**A.** L'anglais (américain)
**B.** L'espagnol
**C.** Le portugais

**9.** *Depuis combien de jours le vieux n'avait-il rien pris ?*
**A.** 4 jours
**B.** 35 jours
**C.** 84 jours

**10.** *Le roman se déroule :*
**A.** Quelque part dans le nord de l'Amérique du Sud
**B.** Quelque part dans le sud de l'Amérique du Nord
**C.** Quelque part dans la mer des Caraïbes

*Solutions page 154*

# Une histoire... plusieurs titres ?

En admettant qu'il soit nécessaire de changer le titre de cette histoire, lequel, dans la liste suivante, vous semblerait le mieux approprié ? (Expliquez les raisons de votre choix.)

« Le Vieil Homme et l'Espadon »
« Le Vieil Homme, le Garçon et l'Espadon »
« Le Travailleur de la mer »
« Histoire de pêche »
« Le Dernier Combat »

Mais rien ne vous empêche d'en imaginer d'autres...

# Traduction, trahison ?

*Le Vieil Homme et la Mer* est une traduction de l'américain. En américain, le texte commence par : « He was an old man », ce qui signifie : « C'était un vieil homme ».
Le traducteur français a choisi cette version : « Il était une fois un vieil homme... » (p. 9)
- Qu'est-ce que cela change par rapport à l'américain ?
- Qu'est-ce que cela ajoute ?
- A quel genre de récit cette formule vous fait-elle penser ?
- Pensez-vous que le traducteur a eu raison de changer ? (Expliquez vos raisons.)

# Du texte à l'image

**1.** Observez le dessin qui se trouve à la page 7.
- En quoi illustre-t-il le récit ?
- En quoi lui est-il infidèle ?

**2.** Si vous aviez à représenter ce livre en une seule illustration, quel passage choisiriez-vous de mettre en image ? (Expliquez les raisons de votre choix.)

**3.** A présent, pourquoi ne pas passer à l'acte en réalisant cette illustration ?

# Jetez-vous à l'eau

**1.** « Se jeter à l'eau » signifie, selon les cas, « plonger » au sens propre ou bien « prendre un (des) risque(s) » au sens figuré. Les expressions ci-dessous ont également deux sens possibles. Sauriez-vous à chaque fois expliquer ces deux sens ?

Nager entre deux eaux
Boire un bouillon
Écumer (la mer écume/écumer les mers)
Être submergé (par une vague/de soucis)
Éponger (de l'eau/un déficit)
Avoir le vent en poupe
Prendre le large

Utilisez au moins trois de ces sept expressions dans leur sens figuré en décrivant le comportement ou la situation d'un personnage que vous imaginerez. Par exemple : Pour éviter de boire un bouillon, l'homme politique avait nagé entre deux eaux en attendant d'avoir à nouveau le vent en poupe.

**2.** Voici maintenant sept autres expressions :

Mettre en veilleuse
Ranimer une flamme
Coup de feu
Faire long feu
Sentir le brûlé
Réchauffé (un plat réchauffé/une histoire réchauffée)
Être tiède

Comme précédemment, utilisez trois de ces sept expressions dans la description d'un personnage que vous inventerez. Par exemple : L'accueil du public étant plutôt tiède, l'auteur comprit que sa pièce ferait long feu et qu'il était temps de ranimer la flamme de son inspiration.

**3.** Trouvez vous-même d'autres expressions ayant pour thème la lumière, les odeurs, la vue, etc., et utilisez-les dans d'autres phrases que vous composerez à votre guise, en décrivant par exemple quelqu'un que vous connaissez...

# DEUXIÈME PARTIE (p. 41-92)

## Dix questions faciles

**1.** *A quel moment le vieux comprend-il que le poisson est un espadon ?*
**A.** Dès que le poisson mord
**B.** Au bout d'une journée en mer environ
**C.** A la fin, une fois que les requins l'ont dévoré

**2.** *Le premier « duel » du vieux – la partie de main de fer – s'est déroulé :*
**A.** A la Havane
**B.** A Miami
**C.** A Casablanca

**3.** *Le vieux promet que s'il gagne :*
**A.** Il ne boira plus une seule goutte d'alcool
**B.** Il ira faire un pèlerinage en l'honneur de la Vierge
**C.** Il offrira la tête de l'espadon au petit garçon

**4.** *L'espadon mesure :*
**A.** Deux pieds de plus que la barque
**B.** Deux pieds de moins que la barque
**C.** Exactement la longueur de la barque

**5.** *Au bout d'un jour et d'une nuit, le vieux s'adresse au poisson dans ces termes :*
**A.** « Je te respecte beaucoup, mais j'aurai ta peau. »
**B.** « Je te déteste et j'aurai ta peau. »
**C.** « Je te respecte beaucoup, mais je sauverai ma peau. »

**6.** *Le vieux compare la queue de l'espadon à :*
**A.** Une épée
**B.** Une faux
**C.** Un aviron

**7.** *Sa tête et son dos sont :*
**A.** Mauves, couverts de larges rayures bleutées
**B.** Violet foncé
**C.** Irisés, zébrés de rouge

**8.** *Le vieux trouve que de loin les dorades ont l'air vertes :*
**A.** Parce qu'elles nagent recouvertes d'algues
**B.** Parce qu'elles sont jaunes (dans la mer bleue)
**C.** A cause des reflets du soleil (toujours dans la mer bleue)

**9.** *L'oiseau qui fait halte sur le bateau du vieux est :*
**A.** Un aigle de mer
**B.** Une fauvette
**C.** Un épervier

**10.** *Pour calmer sa faim, le vieux mange :*
**A.** Du thon et de la dorade
**B.** Du thon et une sardine
**C.** De la dorade et une sardine

*Solutions page 155*

# La bonne tactique

Santiago réussit son exploit à force de courage et de ténacité, mais aussi grâce à une tactique prudente, patiente et mûrement réfléchie, dont le roman retrace toutes les étapes, tous les secrets.

**1.** *Voici plusieurs indications relatives à la technique mise en œuvre pour attraper le poisson :*
- pose des appâts ; différentes sortes, différentes profondeurs, différentes dispositions (p. 31)
- très grande longueur de corde (p. 32)
- utilise l'aigle de mer pour repérer le poisson (p. 38)
- mettre la proie en confiance : « Allez, mange ! » (p. 42)
- prudence, ne pas chanter victoire trop tôt (p. 43)
- ne pas s'affoler s'il ne remonte pas (p. 45)

**2.** *A vous maintenant d'en trouver d'autres en lisant attentivement les pages dont les numéros vous sont donnés.*
- les précautions (p. 49)
- le secret du piège (p. 51)
- la météo (p. 62)
- l'idée de piège (p. 64)
- la 2$^e$ manœuvre (p. 66)
- la 3$^e$ manœuvre, l'autre idée, la pause (p. 73)
- le matériel (p. 75)
- les précautions (p. 77-79)
- la chance tourne (p. 83)
- le matériel (p. 89)
- la dernière manœuvre (p. 90)
- après la prise (p. 92)

# Les bêtes... nos amies ?

Santiago, à la page 60, appelle l'espadon « mon frère le poisson ». Mais si nous étions vraiment les amis des animaux, nous ne leur attribuerions peut-être pas certains défauts, qui sont avant tout humains !

**1.** Dans la vie quotidienne, nombre d'expressions péjoratives se réfèrent à des animaux. Voici la signification de certaines d'entre elles : saurez-vous les retrouver en vous aidant de la liste d'animaux que nous vous donnons ?

- Une humeur noire
- Un caractère exécrable
- Une vanité excessive
- Faire preuve d'une grande paresse
- Une cervelle vide
- Une démarche ridicule
- Un étourdi
- Un appétit ridiculement petit
- Se montrer trop naïf

Les animaux : oiseau, canard, pigeon, étourneau, cochon, linotte, dogue, paon, couleuvre.

**2.** Voici à présent d'autres animaux qui, dans le langage courant, servent à souligner certains défauts humains. Sauriez-vous attribuer à chacun de ces animaux le(s) défaut(s) qu'il symbolise ?

- Un ours
- Un mouton
- Un requin
- Un porc
- Une oie blanche
- Un coq
- Une pie
- Un vautour

**3.** Poursuivez le texte ci-dessous sur une dizaine de lignes en utilisant un maximum d'expressions (au moins une par ligne) faisant référence à des animaux.

« Une fois de plus, j'avais été le dindon de la farce ; mais, évidemment, comme je suis une vraie tête de linotte, je m'en étais rendu compte trop tard. J'étais alors d'une humeur de dogue... Et il faisait un froid de loup... »

*Solutions page 156*

# Tête-à-tête ou corps à corps ?

*Le Vieil Homme et la Mer* n'est que l'histoire d'un long combat (cf. p. 81 : « La lutte l'avait jeté à plat ventre... ») entre deux adversaires aussi tenaces et respectables l'un que l'autre : un vieillard qu'on appelait autrefois « Le champion » (p. 70) et un superbe poisson guerrier (« C't'épée-là, que t'as sur le museau, tu l'as pas pour des prunes, hein ? », p. 115).

Nous avons relevé différentes expressions illustrant, d'une part, le combat physique et, d'autre part, le combat psychologique (ou moral) de Santiago et de l'espadon.

a) Le combat physique
- secousses, brusque embardée
- haler, s'arc-bouter, se cramponner
- éraflure à la joue, entaille à la main
- être jeté à plat ventre
- mains cruellement écorchées
- balancer son corps de gauche à droite en tâchant de faire porter l'effort sur le buste et les jambes
- plante son arme dans le flanc
- s'appuie sur le fer et pèse de tout son poids
- s'écrase lourdement

b) Le combat psychologique de Santiago
- prendre sa fatigue en patience
- faut que je le tue
- que je l'aie à la persuasion
- le laisser croire que je suis plus costaud que lui
- lui a tous les avantages mais moi, j'ai ma volonté et ma cervelle
- je te respecte mais j'aurai ta peau
- faut que je tienne
- un homme ça se laisse pas démolir comme ça

c) Le combat psychologique de l'espadon
- il est fichu d'avoir ma peau
- il essaye de s'en sortir
- n'a qu'un homme contre lui
- se défend, ne s'affole pas
- sans trêve
- se débat contre quelque chose qu'il ne comprend pas
- dans un ultime déploiement de puissance

Reprenez ces différentes expressions dans l'ordre qui vous conviendra et racontez une autre lutte, entre deux hommes on entre un homme et un autre animal.
Vous pouvez utiliser tout ou partie de ces citations **pour** composer votre texte.
Si vous insistez sur les dialogues, pourquoi ne pas essayer d'interpréter votre récit à la manière d'une pièce de théâtre ou d'un film ?

# TROISIÈME PARTIE (p. 93-127)

## Dix questions faciles

**1.** *Quelle est la durée du combat ?*
**A.** Un jour et une nuit
**B.** Trois jours
**C.** Cinq jours

**2.** *Et le livre, sur combien de temps se déroule-t-il (environ) ?*
**A.** Trois jours
**B.** Six jours
**C.** Quinze jours

**3.** *Comment le vieux surnomme-t-il le plus beau des requins ?*
**A.** Dentuso
**B.** Caruso
**C.** Sereno

**4.** *Comment appelle-t-il familièrement les autres requins ?*
**A.** Galapagos
**B.** Galanos
**C.** Gringos

**5.** *A la fin le vieux décide :*
**A.** De faire cadeau de l'épée et de la tête du poisson
**B.** De les rejeter à la mer
**C.** De les garder pour lui

**6.** *A quoi pense le vieux à la fin de la nuit ?*
**A.** A la tristesse d'avoir laissé son poisson aux requins
**B.** A ramener sa barque au port
**C.** A rien : il a tellement sommeil...

**7.** *Quelle était la promesse du vieux au poisson ?*
**A.** « Je resterai avec toi jusqu'à ce que je sois mort. »
**B.** « Je resterai avec toi jusqu'à ce que tu sois mort. »
**C.** « Je resterai avec toi jusqu'à ce que l'un de nous deux meure. »

**8.** *L'a-t-il finalement tenue ?*
**A.** Oui
**B.** Non
**C.** A moitié

**9.** *Une fois le poisson mort, l'auteur compare son œil à :*
**A.** Une broche en métal
**B.** Une voile argentée sur la mer
**C.** Un saint dans une procession

**10.** *Après le combat, la seule partie abîmée de la barque est :*
**A.** Un des avirons
**B.** La voile
**C.** La barre

*Solutions page 156*

# Montrez le monstre

L'espadon est parfois décrit comme une créature fantastique, presque irréelle, surtout après sa mort (p. 91-93). Depuis l'Antiquité, les animaux fabuleux hantent les hommes et les écrivains. En voici quelques-uns. Sauriez-vous décrire chacun d'eux en détail ? (A titre d'exemple, le monstre qui barra la porte de Thèbes au héros grec Œdipe avait un buste de femme, des pattes de lion et des ailes de rapace.)

1. La licorne
2. Le monstre du Loch Ness
3. Le dahut
4. La sirène
5. Le dragon

6. Le Minotaure
7. Le Sphinx
8. Pégase
9. L'Hydre de Lerne
10. Le satyre

# Ne séchez pas !

« Une toute petite gorgée d'eau », c'est ce que Santiago s'accorde (p. 93) après avoir remporté la victoire. Quant à vous, espérons que vous n'allez pas « sécher » en jouant à ce jeu.

**1.** *Expliquez ce que signifient les expressions suivantes :*
- A pied sec
- Régime sec
- Une perte sèche
- Un merci tout sec
- Aussi sec
- Être à sec
- Une panne sèche

**2.** *Pouvez-vous maintenant citer le contraire exact de « sec » dans les expressions ci-dessous ?*
Attention ! Vous n'avez pas le droit de répéter « mouillé » à chaque fois. Nous vous garantissons qu'il existe un contraire différent pour chacune.

- Un linge sec
- Un vin sec
- Un fruit sec
- Un ton sec
- Un temps sec
- Un cœur sec
- Une peau sèche
- Du pain sec
- Du bois sec
- Une guitare sèche

*Solutions page 157*

# 2
# JEUX ET APPLICATIONS

## Sauriez-vous faire comprendre cette histoire ?

Vous venez de lire l'histoire ; mais... seriez-vous capable de la raconter ? (La famille est parfois le public idéal, attentive parce que c'est vous... et critique parce que c'est vous !)

**1.** Essayez d'abord tout seul, oralement, si possible avec un magnétophone :
- en une minute
- en deux minutes
- en cinq minutes

**2.** En reprenant le dialogue avec Manolin, vous pouvez aussi essayer de résumer l'histoire :
- en dix lignes (le dialogue est fait de dix échanges de répliques)
- en vingt lignes (pas plus : vous risquez de vous perdre dans des détails inutiles).

**3.** Vous pouvez également tenter de mimer l'histoire, en limitant votre prestation aux trois jours qui constituent le centre du récit. Avec un peu d'imagination, vous devez être capable de faire saisir l'essentiel à votre public.
N'oubliez pas de faire comprendre :
- que Santiago est vieux, pauvre, mais costaud
- que le poisson est un espadon (l'éperon)
- qu'il est d'une taille et d'une beauté exceptionnelles
- que le combat dure trois jours et trois nuits
- que ce premier combat est suivi d'une lutte contre les requins
- que Santiago rentre épuisé, mais pas désespéré.

## Embarquez-les

Voici d'un côté huit noms d'embarcations et, de l'autre, huit noms de personnages célèbres, réels ou imaginaires. Essayez de relier les uns aux autres sans vous tromper !

1. Barque          A. Jules César
2. Radeau          B. Erik le Rouge
3. Cargo           C. Christophe Colomb
4. Trimaran        D. Rastapopoulos
5. Caravelle       E. Santiago
6. Drakkar         F. Alain Bombard
7. Trirème         G. Archibald Haddock
8. Yacht           H. Eric Tabarly

En cas de... panne sèche, vous pouvez demander l'aide d'un adulte ou consulter un dictionnaire.

*Solutions page 157*

## La morale de l'histoire

Comme tous les contes, toutes les fables, ou d'ailleurs toutes les histoires, *Le Vieil Homme et la Mer* a une morale. Voici quelques questions qui vous aideront peut-être à la déterminer.

**1.** *Si Santiago était un riche armateur, l'histoire aurait-elle été possible ?*

**2.** *Pourquoi ?*

**3.** *Quelle est l'action essentielle du récit ?*

**4.** *Pour quelle raison Santiago a-t-il autant d'admiration pour le « grand » joueur Di Maggio ?*

**5.** *Quel est le « vrai » sens du combat de Santiago ?*

**6.** *Pour l'auteur, quel est le plus important : que Santiago ait gagné contre l'espadon, ou que celui-ci soit finalement dévoré par les requins ?*

**7.** *Et pour vous ?*

**8.** *Pourquoi ?*

**9.** *Quelle est la morale que vous tireriez, vous, de cette histoire ? Essayez de trouver une maxime ou un dicton pour la résumer.*

# Imaginez...

Si Santiago n'était pas un pauvre pêcheur cubain, mais
- un homme d'affaires
- un ouvrier
- un commerçant
- un écrivain

Que seraient alors ?
- le bateau
- l'espadon
- la mer
- les requins
- Manolin
- le café « La Terrasse »
- les autres pêcheurs

En fonction de
l'hypothèse que
vous aurez choisie
et des réponses que
vous aurez trouvées,
reprenez l'histoire
telle que vous l'avez résumée
précédemment et transposez tous les éléments...
Vous verrez alors que *Le Vieil Homme et la Mer* est
construit selon un scénario très rigoureux, qui permet de
nombreuses variantes.

# Chassez l'intrus

Malgré les apparences, « canon » et « canal » sont tous les
deux de la même famille, puisqu'ils viennent du même
mot latin *canna*, qui signifie, entre autres, « tube, tuyau ».
Et, malgré les apparences, « canard » et « canari » n'ont
strictement aucun rapport de parenté... Dans les trios de
mots qui suivent, un des trois n'a rien à faire avec les deux
autres. Saurez-vous le démasquer ?

- poisson, poisseux, piscine
- eau, aqueux, aquilin
- mer, marigot, marinisme
- bateau, batellerie, bateleur
- potable, potage, potion

Faites faire le test autour de vous : vous verrez que ce n'est pas si facile. Si vous vous intéressez à l'étymologie, armez-vous d'un dictionnaire et essayez à votre tour de former des groupes de trois mots dont l'un n'a pas la même origine que les deux autres bien qu'il leur ressemble.

*Solutions page 157*

# Des mots en équerre

Vous connaissez les mots croisés ; ce jeu obéit au même principe.

**1.** Il faut trouver, à partir des définitions données, deux mots par équerre – l'un horizontal *(h)*, l'autre vertical *(v)*. Dans la case d'angle de chaque équerre figure une lettre. Toutes ces lettres mises côte à côte constituent une partie du titre du roman.

**2.** Après avoir trouvé tous les mots, réalisez vous-même les équerres qui manquent afin de compléter ce titre. (Vous inventerez les définitions correspondant aux mots que vous aurez choisis pour remplir les cases.) A titre d'exemple les deux premières équerres sont déjà remplies.

Naviguer contre le vent, tantôt sur un bord, tantôt sur l'autre *(h)*
Sur la côte *(v)*

Le héros du livre... en un sens *(h)*
La langue des autres héros du livre *(v)*

Santiago en a déjà remporté, mais celle-ci est peut-être la dernière *(h)*
Le requin l'est ! *(v)*

L'espadon ne l'est pas, mais la sirène, si *(h)*
La taille de l'espadon l'est ! *(v)*

Poursuit parfois les fauvettes *(h)*
Une véritable épée sur l'espadon *(v)*

N'y habitent que des insulaires *(h)*
Vit sur une île *(v)*

Type de pêche que pratique Santiago *(h)*
Synonyme de ficelé *(v)*

Gros cigare, du nom du marché où Santiago vend son poisson *(h)*
Homme en espagnol *(v)*

Le héros du livre, à l'envers *(h)*
Redoutables tempêtes, surtout en mer *(v)*

Nom du plus gros, du plus beau des requins *(h)*
Quand le poisson..., il est presque cuit *(v)*

Il faut l'être pour pêcher en mer *(h)*
Elle est souvent salée *(v)*

Il y en a beaucoup dans ce livre *(h)*
Le gamin l'est tellement, à la fin, qu'il en pleure *(v)*

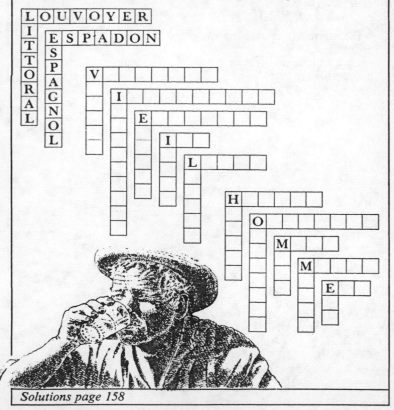

*Solutions page 158*

# Bilingue ?

Même si vous ne parlez pas couramment l'espagnol, vous devriez pouvoir comprendre tous ces mots, puisqu'ils sont dans le livre. (Si c'est vraiment trop difficile, un voisin espagnol ou un professeur peut très bien vous aider.)

- *guano* (p. 16)
- *qué va* (p. 24)
- *agua mala* (p. 36-37)
- *cordel* (p. 52)
- *bonito* (p. 60)
- *brisa* (p. 62)
- *juegos* (p. 68)
- *dentuso* (p. 102-104)

- Finalement, comment dit-on « la mer » : *el mar*, ou *la mar* ?
- Et quelles sont les raisons pour lesquelles Santiago lui donne un surnom ? (p. 30-31)

# Êtes-vous bibliophile ?

**1.** *Pouvez-vous compléter les titres des livres cités ci-dessous, qui ont tous plus ou moins un rapport avec l'eau ?*

a ) *L'Enfant qui n'avait ......*     (J.M.G. Le Clézio)
b ) *L'Enfant et la ......*     (H. Bosco)
c ) *Vingt Mille Lieues ......*     (J. Verne)
d ) *...... mystérieuse*     (J. Verne)
e ) *Trois Hommes dans......*     (J.K. Jerome)
f ) *Les Enfants du ......*     (J. Verne)
g ) *Les Travailleurs de......*     (V. Hugo)
h ) *...... au trésor*     (R.L. Stevenson)
i ) *...... d'Islande*     (P. Loti)

**2.** *Dans le même esprit, vous pouvez poser une « colle » à votre entourage ; faites citer dix titres de livres comprenant :*

a) un prénom
    ex. : *Charlie et la Chocolaterie*, Roald Dahl
b) un chiffre
    ex. : *Les Trois Mousquetaires*, Alexandre Dumas
c) un métier
    ex. : *La Bergère et le Ramoneur*, H. C. Andersen
d) un nom de plante
    ex. : *L'Herbe rouge*, Boris Vian
e) un nom de pays
    ex. : *Corinne ou l'Italie*, Mme de Staël
f) un animal
    ex. : *Mémoires d'un âne*, comtesse de Ségur

*Solutions page 158*

# 3
# LE MONSTRE MARIN
# DANS LA LITTÉRATURE

## L'Odyssée

*Deux des premiers monstres marins rencontrés dans la littérature sont ceux qu'Ulysse, rentrant de la guerre de Troie, eut à affronter avec son équipage...*

« Mais, du fond du vaisseau, le plus habile archer ne saurait envoyer sa flèche en cette cave, où Sylla, la terrible aboyeuse, a son gîte : sa voix est d'une chienne, encor toute petite ; mais c'est un monstre affreux, dont la vue est sans charme et, même pour un dieu, la rencontre sans joie. Ses pieds – elle en a douze – ne sont que des moignons ; mais sur six cous géants, six têtes effroyables ont, chacune en sa gueule, trois rangs de dents serrées, imbriquées, toutes pleines des ombres de la mort. Enfoncée à mi-corps dans le creux de la roche, elle darde ses cous hors de l'antre terrible et pêche de là-haut, tout autour de l'écueil que fouille son regard, les dauphins et les chiens de mer et, quelquefois, l'un de ces plus grands monstres que nourrit par milliers la hurlante Amphitrite. Jamais homme de mer ne s'est encor vanté d'avoir fait passer là sans dommage un navire : jusqu'au fond des bateaux à la proue azurée, chaque gueule du monstre vient enlever un homme.

« L'autre Écueil, tu verras, Ulysse, est bien plus bas [ils sont tout près ; ta flèche irait de l'un à l'autre]. Il porte un grand figuier en pleine frondaison ; c'est là-dessous qu'on voit la divine Charybde engloutir l'onde noire : elle vomit trois fois chaque jour, et trois fois, ô terreur ! elle s'engouffre. (...)

« Quand Charybde vomit, toute la mer bouillonne et retentit comme un bassin sur un grand feu : l'écume en rejaillit jusqu'au haut des Écueils et les couvre tous deux. Quand Charybde engloutit à nouveau l'onde amère, on la voit, dans son trou, bouillonner tout entière ; le rocher du pourtour mugit terriblement ; tout en bas, apparaît un fond de sables bleus. »

Homère,
*L'Odyssée*

# Moby Dick

*Une baleine normale, c'est déjà terrible... mais une baleine blanche c'est un monstre redoutable. Le héros de* Moby Dick, *le capitaine Achab, en sait quelque chose !*

« Assis sur les écoutilles, ces hommes écoutent les contes étranges et sauvages de la chasse à la Baleine du Sud avec la frayeur et l'intérêt de l'enfant auquel on raconte des histoires à l'heure du coucher. Et l'énormité du cachalot n'est jamais aussi bien comprise que par les hommes de ces proues qui l'esquivent. (...)

Il y avait encore bien assez dans l'aspect du monstre et dans son caractère pour frapper puissamment les imaginations ; car ce n'était pas seulement son extraordinaire grosseur qui le distinguait des autres cachalots mais aussi son front d'un blanc neigeux et ridé et sa blanche et haute bosse pyramidale. C'est par ces traits que, sur les mers les moins fréquentées, sa présence était révélée à ceux qui le connaissaient.

Le reste du corps était tellement strié, tacheté, marbré d'une même couleur de suaire qu'il y avait gagné son nom particulier de Baleine Blanche, nom qui de plus se trouvait justifié par son aspect éclatant quand, à l'heure de midi, il apparaissait, glissant à travers une mer bleu foncé, laissant un sillage d'écume crémeuse, une sorte de voie lactée toute pailletée de scintillements d'or.

Et ce n'était pas non plus tant sa taille extraordinaire, ni sa couleur remarquable, ni même sa mâchoire inférieure difforme qui rendaient la Baleine Blanche naturellement terrible, que cette malice intelligente sans exemple, que, selon des rapports dignes de foi, elle avait montrée dans maintes luttes. Ses retraites traîtresses épouvantaient peut-être plus que tout le reste. Il est connu que, plusieurs fois, alors qu'elle fuyait devant ses chasseurs victorieux avec tous les symptômes de la terreur, elle avait brusquement fait volte-face, et, fonçant sur eux, avait brisé leurs embarcations en mille miettes, ou les avait jetés, éperdus de peur, vers leurs vaisseaux. Plusieurs accidents fatals étaient déjà survenus au cours de ces chasses. »

Herman Melville,
*Moby Dick*,
traduction de J. Giono, L. Jacques et J. Smith,
© Gallimard

# Vingt Mille Lieues
## sous les mers

*Jules Verne, au cours de ses romans, nous fait énormément voyager. Le fond de la mer peut être surprenant pour les intrépides explorateurs.*

« Je regardai Conseil. Ned Land se précipité vers la vitre.

"L'épouvantable bête !" s'écria-t-il.

Je regardai à mon tour, et je ne pus réprimer un mouvement de répulsion. Devant mes yeux s'agitait un monstre horrible, digne de figurer dans les légendes tératologiques.

C'était un calmar de dimensions colossales, ayant huit mètres de longueur. Il marchait à reculons avec une extrême vélocité dans la direction du *Nautilus*. Il regardait de ses énormes yeux fixes à teintes glauques. Ses huit bras, ou plutôt ses huit pieds, implantés sur sa tête, qui ont valu à ces animaux le nom de céphalopodes, avaient un développement double de son corps et se tordaient comme la chevelure des Furies. On voyait distinctement les deux cent cinquante ventouses disposées sur la face interne des tentacules sous forme de capsules semi-sphériques. Parfois ces ventouses s'appliquaient sur la vitre du salon en y faisant le vide. La bouche de ce monstre – un bec de corne fait comme le bec d'un perroquet – s'ouvrait et se refermait verticalement. Sa langue, substance cornée, armée elle-même de plusieurs rangées de dents aiguës, sortait en frémissant de cette véritable cisaille. Quelle fantaisie de la nature ! Un bec d'oiseau à un mollusque ! Son corps, fusiforme et renflé dans sa partie moyenne, formait une masse charnue qui devait peser vingt à vingt-cinq mille kilogrammes. Sa couleur inconstante, changeant avec une extrême rapidité suivant l'irritation de l'animal, passait successivement du gris livide au brun rougeâtre. »

Jules Verne,
*Vingt Mille Lieues sous les mers*

# La Petite Sirène

*Des* Contes *d'Andersen, « La Petite Sirène » est sûrement le plus connu. Reprenant les terreurs enfantines, des serpents menaçants aux monstres cruels, il parsème l'univers de la sirène de peurs cauchemardesques.*

« Et la petite sirène, sortant de son jardin, se dirigea vers les tourbillons mugissants derrière lesquels demeurait la sorcière. Jamais elle n'avait suivi ce chemin. Pas une fleur ni un brin d'herbe n'y poussait. Le fond de sable, gris et nu, s'étendait jusqu'à l'endroit où l'eau, comme des meules de moulin, tournait rapidement sur elle-même, engloutissant tout ce qu'elle pouvait attraper. La princesse se vit obligée de traverser ces terribles tourbillons pour arriver aux domaines de la sorcière, dont la maison s'élevait au milieu d'une forêt étrange. Tous les arbres et tous les buissons n'étaient que des polypes, moitié animaux, moitié plantes, pareils à des serpents à cent têtes sortant de terre. Les branches étaient des bras longs et gluants, terminés par des doigts en forme de vers, et qui remuaient continuellement. Ces bras s'enlaçaient sur tout ce qu'ils pouvaient saisir, et ne le lâchaient plus.

La petite sirène, prise de frayeur, aurait voulu s'en retourner, mais, en pensant au prince et à l'âme de l'homme, elle s'arma de tout son courage. Elle attacha autour de sa tête sa longue chevelure flottante, pour que les polypes ne pussent la saisir, croisa ses bras sur sa poitrine, et nagea ainsi, rapide comme un poisson, parmi ces vilaines créatures dont chacune serrait comme avec des liens de fer quelque chose entre ses bras, soit des squelettes blancs de naufragés, soit des rames, des caisses ou des carcasses d'animaux. Pour comble d'effroi, la princesse en vit une qui enlaçait une petite sirène étouffée.

Enfin, elle arriva à une grande place dans la forêt, où de gros serpents de mer se roulaient en montrant leur hideux ventre jaunâtre. Au milieu de cette place se trouvait la maison de la sorcière, construite avec les os des naufragés, et où la sorcière, assise sur une grosse pierre, donnait à manger à un crapaud dans sa main, comme les hommes font manger du sucre aux petits canaris. »

Hans-Christian Andersen,
*Contes*

# 4
# SOLUTIONS DES JEUX

## Qui êtes-vous ?
### (p. 131)

- Si les trois signes s'équilibrent (3 de chaque), c'est que vous êtes vous-même équilibré. Le juste milieu, en quelque sorte !
- Si deux des signes sont en nombre égal en dominant nettement le troisième, c'est que ce dernier ne correspond vraiment pas à votre personnalité.
- Enfin, si un seul des signes prédomine, c'est que vous avez un tempérament plus tranché.

**Si vous avez une majorité de** ○ : vous êtes plutôt Manolin. Quelqu'un de paisible, qui ne cherche pas d'ennuis aux autres. Sociable, vous aimez la vie, les jolies choses. Bref, vous êtes un sentimental, sympathique, à la limite parfois de la naïveté. A votre âge, c'est encore normal.

**Si vous avez une majorité de** □ : vous êtes plutôt Santiago. Très philosophe pour votre âge, vous aimez par-dessus tout qu'on vous laisse tranquille, pour pouvoir vivre à votre aise dans votre imagination. Vous êtes indépendant, solitaire, passionné de nature, un peu sauvage. Vous vieillirez bien.

**Si vous avez une majorité de** ☆ : vous êtes plutôt requin ! Gourmand, vorace même, vous êtes impitoyable avec ceux qui troublent votre égoïsme. Vous êtes violent, acharné. On vous respecte, mais n'est-ce pas parce qu'on vous redoute ? Bref, vivre à vos côtés n'est pas de tout repos.

## Dix questions faciles sur la première partie
### (p. 133)

1 : A (p. 10) - 2 : B (p. 27) - 3 : A (p. 16) - 4 : A (p. 25) - 5 : B (p. 18) - 6 : A (p. 20) - 7 : A (p. 19) - 8 : B (p. 29) - 9 : C (p. 9) - 10 : C (p. 11)

Chaque réponse exacte vaut 2 points.

**Si vous obtenez entre 16 et 20 points :** bravo ! Vous avez de la mémoire, et vous savez faire preuve de concentration. Sans doute n'aurez-vous guère de difficultés à répondre aux autres questions qui seront posées.

**Si vous obtenez entre 12 et 16 points :** ce n'est pas trop mal, mais vous aurez sûrement besoin de revenir au roman pour pouvoir continuer à jouer. (Eh oui... on n'a rien sans rien : voyez Santiago...)

**Si vous obtenez entre 8 et 12 points :** vous avez probablement compris l'essentiel, mais pour les détails... Courage ! Reprenez le livre ou plutôt replongez-vous dedans, pour vous rafraîchir la mémoire !

**Si vous obtenez moins de 8 points :** ou bien vous détestez la pêche, la mer, le poisson, la lecture, ou bien vous n'avez regardé que les illustrations... Hâtez-vous de relire le roman, si vous voulez être repêché...

## Dix questions faciles sur la deuxième partie
### (p. 136)

1 : A (p. 41) - 2 : C (p. 69) - 3 : B (p. 65) - 4 : A (p. 63) - 5 : A (p. 55) - 6 : B (p. 63) - 7 : B (p. 63) - 8 : B (p. 72) - 9 : B (p. 55) - 10 : A (p. 74)

Chaque réponse exacte vaut 2 points.

**Si vous obtenez entre 16 et 20 points :** votre mémoire est d'une fidélité à toute épreuve. Profitez-en pour lire beaucoup ! Le test suivant sera un jeu d'enfant.

**Si vous obtenez entre 12 et 16 points :** vous vous laissez volontiers embarquer dans l'histoire, mais vous êtes parfois perdu. Souquez ferme, vous finirez par arriver à bon port !

**Si vous obtenez entre 8 et 12 points :** vous avez tendance à flotter un peu ; soyez plus attentif, ou vous risquez de perdre pied...

**Si vous obtenez moins de 8 points :** décidément, vous n'avez ni l'œil ni le pied marin. Le test suivant sera décisif. Essayez de refaire surface...

# Les bêtes... nos amies ?
## (p. 137)

**1.** - une humeur de dogue
- un caractère de cochon
- une vanité de paon
- paresser comme une couleuvre
- une cervelle d'étourneau
- une démarche de canard
- une tête de linotte
- un appétit d'oiseau
- être le pigeon

**2.** - un ours : bourru, grossier, misanthrope
- un mouton : crédule, passif
- un requin : vorace, cupide, cruel
- un porc : sale
- une oie blanche : naïf
- un coq : fat, prétentieux
- une pie : voleur, bavard
- un vautour : sans scrupules, cynique, rapace

# Dix questions faciles sur la troisième partie
## (p 140)

1 : B (p. 125) - 2 : B - 3 : A (p. 103) - 4 : B (p. 107) - 5 : A (p. 124) - 6 : B (p. 118) - 7 : A (p. 53) - 8 : B - 9 : C (p. 96) - 10 : C (p.119)

Chaque réponse exacte vaut 2 points.

**Si vous obtenez entre 16 et 20 points :** vous êtes arrivé à bon port, sans boussole, contre vents et marées. Vous feriez un excellent navigateur.

**Si vous obtenez entre 12 et 16 points :** l'allure n'est pas mauvaise. L'océan est vaste, vous nagez parfois dans l'incertitude, mais vous tenez le cap.

**Si vous obtenez entre 8 et 12 points :** vous avez bu la tasse plusieurs fois et vous avez failli vous noyer : heureusement, les jeux qui suivent vous permettront sûrement de regagner la terre ferme.

**Si vous obtenez moins de 8 points :** vous vous êtes complètement perdu au milieu de l'océan. La prochaine fois, partez dans la lune... à moins que vous n'y soyez déjà.

## Montrez le monstre
### (p. 141)

1. Cheval blanc ayant une corne plantée au milieu du front
2. Dinosaure à écailles
3. Gros lièvre à yeux rouges et pattes arrière plus longues
4. Femme-poisson
5. Animal à quatre pattes, recouvert d'écailles, crachant le feu
6. Corps d'homme et tête de taureau
7. Tête d'homme et corps de lion
8. Cheval à ailes d'aigle
9. Dragon à sept têtes
10. Buste d'homme, jambes de bouc et cornes sur la tête

## Ne séchez pas !
### (p. 142)

**2.** Un linge mouillé - un vin doux - un fruit frais - un ton aimable - un temps humide - un cœur tendre - une peau grasse - du pain garni - du bois vert - une guitare électrique.

## Embarquez-les
### (p. 144)

1 : E - 2 : F - 3 : G - 4 : H - 5 : C - 6 : B - 7 : A - 8 : D

## Chassez l'intrus
### (p. 145)

Les intrus sont les mots suivants :
- poisseux
- aquilin
- marinisme
- bateleur
- potage

# Des mots en équerre
## (p. 146)

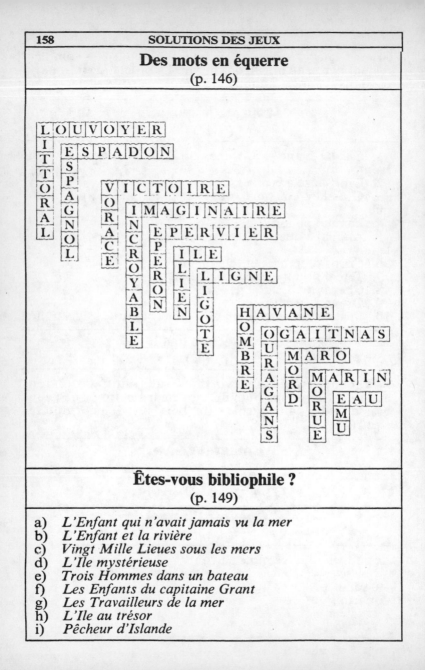

# Êtes-vous bibliophile ?
## (p. 149)

a)      *L'Enfant qui n'avait jamais vu la mer*
b)      *L'Enfant et la rivière*
c)      *Vingt Mille Lieues sous les mers*
d)      *L'Ile mystérieuse*
e)      *Trois Hommes dans un bateau*
f)      *Les Enfants du capitaine Grant*
g)      *Les Travailleurs de la mer*
h)      *L'Ile au trésor*
i)      *Pêcheur d'Islande*

Si vous avez le goût de l'aventure...
ouvrez la caverne aux merveilles
et découvrez
des classiques de tous les temps
et de tous les pays

## dans la collection FOLIO **JUNIOR**

Les « classiques »... de vieux bouquins poussiéreux, dont le nom seul évoque des dictées hérissées de pièges grammaticaux perfides et des rédactions rébarbatives ? Pas du tout ! Avec les classiques, tout est possible : les animaux parlent, une grotte mystérieuse s'ouvre sur un mot magique, un homme vend son ombre au diable, un chat ne laisse dans l'obscurité des feuillages que la lumière ironique de son sourire ; on s'y préoccupe de trouver un remède contre la prolifération des baobabs et la mélancolie des roses ; les sous-préfets y font l'école buissonnière, les chevaliers ne sont pas toujours sans peur et sans reproche ; on s'y promène autour du monde et vingt mille lieues sous les mers...

YVAIN, LE CHEVALIER AU LION

Chrétien **de Troyes**
n° 665

PERCEVAL OU
LE ROMAN DU GRAAL

Chrétien **de Troyes**
n° 668

LETTRES
DE MON MOULIN

Alphonse **DAUDET**
n° 450

AVENTURES PRODIGIEUSES DE
TARTARIN DE TARASCON

Alphonse **DAUDET**
n° 454

ROBINSON CRUSOÉ

Daniel **Defoe**
n° 626

TROIS CONTES

Gustave **Flaubert**
n° 750